KB018482

1년만
더 해볼게요

서림 지음

"1년 내 인생에 깊은 밤이 찾아왔다."

이 책을
어디선가 외롭게
공부하는 이들에게
바친다.

이 책을 내놓으며,

이 책은 제가 살다가 나태해질 때면 종종 꺼내 읽어보는 회고록입니다.

준비하던 시험은 황당한 성적으로 떨어지고,
함께할 거라 약속한 이는 떠나가고,
가족이 밉고 또 내가 창피하고,
공부는 해야겠는데 돈을 벌어야 하고
그렇게 마주하기 싫은 치러야 할 일들이 내 앞에
거대한 산으로 남아 있던 때.

그렇게 사실 이 세상에 가장 흔하게 일어나고 별일 아닐 수도 있는 일, 그러나 실은 막상 나에게 벌어지면 너무 싫고 힘든 일, 그런 일들이 한꺼번에 벌어졌던 어린 한 시절에 관한 이야기입니다. 말하자면 그 때 나는 태어나 처음으로 스스로의 무능력에 마주했고, 나는 조심해서 걸어가는데 자꾸 인생이 발을 건다고 느꼈고, 남들은 쉽게 통과하는 벽이 나는 혼자 갖은 유난을 다 피워도 넘어지지가 않는다고 느꼈습니다. 나의 높은 기준과, 낮은 능력 사이에서 수치스러움을 느껴야 했습니다. 나약했고, 어렸고, 어리석었기에 처음 만나는 감정들, 처음 만나는 인생의 실패들이었습니다.

때로 미치지 않고서야 해낼 수 없는 일들이, 또 미치지 않고서야 숨쉴 수도 없는 시간들이 있습니다. 애초에 나의 의도에는 관심도 없었다는 듯 매정하게 상황이 흘러갈 때, 이제 더는 어떻게 해볼 겨를도 없이 내 삶의 기회란 아주 지나가 버렸다고 느낄 때 말입니다. 스물한 살 그 이후에도 사실 삶은 그보다 더한 실패, 또 다른 종류와 형태로 어려움이 오곤 했습니다. 그럴 때마다 나는 지난 스물한 살의 해를 곱씹고 기억하며 이겨냈습니다. 그리고 나는 언제나 그때처럼 '아웃사이더'가 되어 1년 정도, 잠시 미친듯이 나대로 살아낼 용기를 가지고 있습니다. 미쳐서 나아갈 것인지, 제정신으로 제자리에서 보고만 있을 것인지 선택해야한다면 나는 언제나 차라리 미치는 것을 택할 것입니다.

그렇게도 벗어나고 싶었던 시간이었지만 후에 상황이 많이 나아진 후에도 나는 오래도록 그 한 해를 사무치게 그리워했습니다. 그래서 이렇게 글을 남겼고, 오래도록 혼자서 꺼내보고 있었던 것입니다.

그 시기 마치 애착 인형처럼 가지고 다녔던 책 몇 권이 있습니다. 지금 자아를 실현하며 잘 살고 있는 이들에게도 필히 나처럼 이런 시기가 있었다고 말해주는, 이 밤이 지나고 나면 반드시 동이 트고 밝은 아침이 올 것이라 말해주는 그런 책들. 저는 그 책들을 벗 삼아 의지하고, 불안할 때마다 하루에 몇 번씩이고 꺼내보고는 했습니다. 그 책들이 아니었다면 아마 나는 그 시기를 결코 버틸 수 없었을 것입니다. 이 책도 부족하게나마 누군가에게는 그런 책이 되길 기도해봅니다. '미친년'처럼 살았던 저의 오래 전 한 해를, 어딘가에서 외롭게 공부하는 이들을 위해 바칩니다.

이 책이 나오기 전에 원고를 읽어주고 편지를 보내준 몇몇의 영일만 독자분, 그리고 소중한 시간을 들여 제작에 도움을 준 김 군과 이 양에게 감사를 전합니다.

가장 애정하는 책의
2쇄를 펴내며,
서림 드림.

목차

프롤로그

삼반수를 끝내고 나서 읽은 책이지만 나의 스물한 살이 너무도 많이 겹쳐지는 소설이 하나 있다. '스물아홉 생일, 1년 후 죽기로 결심했다'라는 소설이 그것이다. 주인공 아마리는 곧 서른을 앞두었지만 제대로 된 직장도 없고, 외모는 뚱뚱하고, 미래를 약속했던 남자친구는 떠나가고, 집안 사정 역시 여의치 않은 자신의 상황을 비관하여 29살 생일에 자살을 시도한다. 그런데 이왕 죽을 거, 1년 후 가장 화려한 모습으로, 라스베이거스 카지노에서 가진 모든 돈을 걸고 한판의 승부를 벌인 후 멋지게 죽어버리겠다는 다짐을 하게 된다. 그리고 그 복표 하나로 1년을 죽기 살기로 살아낸다. 라스베이거스에 갈 돈과 카지노에 걸 돈을 벌기 위해 밤낮으로 미친 듯이 일을 하고, 그날 입을 드레스를 위해 미친 듯이 다이어트를 하며 틈틈이 카지노 게임을 공부한다. 그리고 1년 후 기어이 그 화려한 목표를 달성해낸다. 물론 죽지는 않고 그 경험을 토대로 이후에 훨씬 더 멋진 삶을 살게 되었다는 이야기다.

어쩜 이렇게 비슷할 수 있을까? 물론 나는 그때 29살은 아니고 21살이었고, 뚱뚱하긴 커녕 재수를 끝냈을 땐 몰골이 말이 아니게 말랐었지만 말이다. 그런데 나에겐 살만 없는 게 아니고 정말이지 재수를 끝내고 내게 남은 것이란 하나도 없었다. 21살치고는 또래보다 사연이 많은 나였다. 그렇게 믿었던 마지막 하나까지 없어졌을 때, 나는 용기가 생겼다. 대학 레벨을 높이고 싶다는 거창한 목표나 대단한 무언가가 되겠다는 꿈이 아니었다. 단지 지금보다 나아지고 싶다는 용기였다. 말하자면 더 잃을 게 없어 보였다. 그래서 반수를 시작했고, 과정으로 말하자면 저 소설의 아마리만큼 '미친 듯이' 살았고, 결과적으로 말하자면 그 도전을 통해 내 길을 찾았으며, 원하던 입시에도 성공했다.

입시 이야기라니 공부법 책인가 싶겠지만 사실 내가 전하고 싶은 것은 공부 방법들이 아니다. 그런 방법적인 것을 요약하자면 종이 서너 장이면 충분하고, 나보다 훨씬 더 뛰어난 '공신'들이 많이 있을 것이다. 내가 진짜로 전해주고 싶은 것은 다 잃었다는 느낌이 들 때, 인생의 그래프가 있다면 여기가 바닥이구나 싶을 때, 다시 일어서는 법에 관한 것이다. 밤과 아침과 낮과 저녁이 반복되는 인생 속에서 어떤 긴 밤을 마주해야 한다면, 이렇게 아침을 기다려보자는 이야기다. 그것이 가슴 찢어지는 이별이든, 돈이든, 거울 속 자신의 수치스러운 자아상이든 말이다.

　인생의 '바닥'을 절감하는 누군가가 있다면, 한번 도망가 보라고 하고 싶다. 그게 나에게는 공부였고, 누군가에게는 소망하던 다른 어떤 일일 수도 있다. '일 년 후 죽기로 결심'하는 그 마음으로 한 번쯤 다른 세계로 도망가 완전히 미쳐버리면, 그곳을 기점으로 다시 치고 올라갈 수 있다.

Life is either a daring adventure or nothing.

인생은 과감한 모험이던가, 아니면 아무것도 아니다.

– 헬렌켈러 –

긴 겨울

이제 어디로 가지? 일을 마치고 집에 가서

전기장판에 몸을 녹이고 있노라면 눈물이 났다.

유리 멘탈

출근할 때, 가끔 깜빡하고 집에 지갑을 두고 나왔다거나, 예상보다 차가 막힌다거나 해서 늦어버릴 것 같을 때가 있다. 지각하는 것을 싫어하는 사람은 이럴 때 무진장 스트레스를 받기 마련이다. 나는 언제부턴가, 이런 방법을 쓰게 되었다. '무사히 도착하게 해주세요' 하고 짧게 기도한 다음, 이런 말을 중얼거리는 것이다.

'나는 무사히 도착합니다.'

신기하게도, 그럴 때면 기다려도 오지 않던 택시가 와 준다든지, 갈아타는 지하철이 빨리 와 준다든지 해서 늦게 나왔음에도 아주 운 좋게 제시간에 도착하곤 했던 것이 꽤 여러 번이라, 아무튼 나는 그렇게 하고 있다.

고작 몇 분 지각이 달린 어떤 사소한 일이든, 어떤 상황에서건, 나는 언제부턴가 결국 좋은 방향으로 흘러가리라는 믿음을 가지고 살고 있다. 그렇게 사는 것이 일이 조금이라도 더 잘 풀리고, 불필요한 스트레스를 덜어내는 일이라 그렇다. 마음과 생각을 어느 정도는 요리조리 다룰 줄 알게 된 지금, 나는 꽤 태연하게 삶을 살아가고 있다. 이런 근거 없는 삶의 요령일지라도, 입시를 앞둔 10대 시절부터 내 마음을 그렇게 여유 있게 쓸 수 있었더라면, 그 시절 여러 가지로 먼 길을 돌아가는 일은 없었을 것이다. 그렇게 첫 장은 나의 유리멘탈 시절의 이야기다.

어려서부터 나의 별명은 '왕내숭'이었다. 딱히 내숭을 떨려고 했던 것은 아닌데, 낯선 사람 앞에서는 말을 잘 못하니 부끄러움을 많이 느끼는 아이로 보였나 보다. 타고난 성격이 남들이 나를 어떻게 생각할까 의식을 많이 하는 소심한 성격이어서 그랬을까. 돌이켜보니 어린 내 속에는 어떤 '수치심'이 가득했다. 아마도 우리집이 이혼 가정이라는 것에 대한 수치심이 그 시작이었을 것이다. 다 커버린 지금은 부모님을 진정으로 이해하게 되었지만, 어릴 때는 이해할 수도 없고 받아들일 수도 없었다. 우리 집이 친구네 집과 다르다는 것을 말이다. 나는 학교에서 등본을 가져오라고 하는 것이 그렇게 싫었다. 엄마, 언니, 나 이렇게 셋이 적힌 주민등록등본 말이다. 그럴 때면 나는 일부러 친구들이 아무도 볼 수 없게 감추어서 내곤 했다.

그렇다고 모든 것이 꼭 부모의 이혼 때문만은 아니었다. 아마 원래가 속이 복잡하게 타고난 아이였으리라. 우리 집의 등본 말고도, 나는 여러 가지로 남들과 비교해서 '안 좋아 보이는 것'이면 감추는 버릇, 또 아무렇지 않아 보이게 연출하는 버릇을 갖고 있었다. 언니를 따라 공부를 열심히 하면서도, 실은 그렇게 남의 시선이 의식되었다. 내가 공부를 열심히 하는 이유는 그저 '남들보다 나은 등수'를 얻기 위함이었다. 성적표에 반 등수와 전교 등수가 떡하니 적혀서 나오던 시절이 아니었다면, 나는 분명 열심히 하지 않았을 것이다.

그렇게 공부를 열심히 한다고는 했지만 왠지 학년이 올라가고 공부가 어려워질수록 불안감이 심해졌다. 쉬는 시간에도 공부하던 나. 님들은 내가 무시 잘한나고 생각할텐데, 그 기대에 미치지 못하면 어떻게 될까 하는 마음에 나는 매 시험마다 지나치게 예민해졌다. 남의 시선을 의식한다는 것은 '어찌되는 남보다 내가 나아야 한다'는 마음에서 나오는 것이 아닐까? 나는 쉽게 경쟁심에 사로잡혔고, 다른 사람이 나보다 열심히 하는 것이 싫었다. 나름대로 열심히 하면서도 1등하는 누구보다 못하고 있다는 자괴감으로 나 스스로를 괴롭히곤 했다. 얘보다, 쟤보다 열심히 해야 한다, 더 잘해야 한다, 반에서 몇 등은 해야 한다, 돌이켜보면 나의 머릿속에는 이런 강박이 가득했다.

나를 그렇게 만든 것은 경쟁주의 사회의 영향이 있었겠지만, 사실 내 부모님은 그렇게 가르치는 분이 아니었다. 그저 나도 모르게 혼자서 나에 대해 가지고 있는 이상과 기준을 너무 높게 잡고 있었다. 어느 대학에 가서 대단한 인물이 되어야 한다는 스스로의 기준 말이다. 그 와중에 체력은 떨어져 점점 아픈 날이 많아졌다. 시간이 갈수록 나의 내면은 많이 불안해지고 있었지만, 그래도 끝까지 나를 밀어붙이기만 했다. 그렇게 나에게도 수능을 보는 해가 찾아왔다.

불안이 만드는 것들

'노력은 배신하지 않는다'고 하지만 나는 입시를 치루면서 그 말을 믿지 않게 되었다. 성공이라는 것은 그 사람의 노력과, 적절한 방법과, 몸과 마음의 컨디션이 만장일치 되었을 때야 비로소 나오는 것이었다. 노력은 기본 베이스일 뿐. 만일 예전의 나처럼 공부한다면, 노력은 100% 배신하게 된다.

19살. 세상과 단절된 채로, 묵묵히, 반드시 성공해야 한다는 생각으로 공부했다. 그야말로 공부를 '해댔다.' 주변에서는 나보고 엄청나게 열심히 한다고 했지만, 나는 알고 있었다. 무언가 잘못되었다는 것을. 내 생각 밖으로 불길한 이야기를 명확하게 꺼내지는 않았지만 말이다. 공부를 열심히 한 날 밤에 잠자리에 들기 전 나는 울음을 터뜨리고는 했다. 왜냐면 내일 또 '이 짓'을 반복할 생각에 겁이 났기 때문이다. 이때의 나에게 공부는 피할 수 없는 형벌이었고, 나를 끝없이 위협하는 존재와도 같았다. 그렇게 봄에는 꽃이 피고 지더니 여름이 되어서는 비가 한껏 내렸다. 그렇게 시험은 D-100이 되더니 70일, 그리고 50일, 30일… . 나에게 먼 이야기일 것만 같았던 D-day의 숫자는 속절없이 다가오고 있었다.

 이 무렵 생겼던 모든 이상한 일들은, 모두 내가 지나치게 결과만을 걱정하고 집착했기 때문에 생기는 일들이었다. 나는 별 쓸데없는 것이 다 불길하게 느껴지고 신경이 쓰였다. 한번은 모의고사 날 때마다 식단에 자꾸 미역볶음이 나오는 것 같았다. 설마 오늘도? 역시 미역이 나왔다. 시험 때 미역을 먹으면 미끄러진다고 먹지 않는다고 하던데, 왜 하필 시험 날마다 나오는 것인지 신경이 쓰이고 화가 났다. 또 한번은 내가 입는 티셔츠 '색깔'이 불길하게 느껴서 갑자기 다른 티셔츠를 사러 나가겠다고 혼자서 거리를 배회하던 적도 있다. 지금 생각해보면 정말 내가 왜 그랬을까 싶을 정도로 우습고 이상한 이야기지만 그때 나의 마음은 진지하고도 심각했다. 아무도 신경 쓰지 않는 그런 사소한 것들 모두가 날 복잡하고 예민하게 만들었다. 그뿐만이 아니었다. 모의고사 때마다 나는 단순 배탈이 아니라, 위경련을 심하게 일으키곤 했다. 나는 매번 죽을 듯이 아픈 배를 움켜쥐고 시험을 보러 가야 했다. 시험 중에도 몇 분에 한 번씩 위장이 미친 듯이 꼬이고 찢기는 듯한 고통은 끊이지 않았다. 반드시 성공해야 한다는 부담감과 동시에 무언가 잘못되고 있다는 느낌은 나를 그 정도로 쇠약하게 만들었다.

인간은 쉽게 불안을 느끼는 존재다. 나중에 알게 된 사실인데, 불안함은 '내가 불안함을 느끼고 있음'을 빨리 알아차리고, 정면으로 마주하고 인정해줄수록 금방 사라지게 된다. 그리고 반대로 외면할수록 더 커지는 법이다. 그러나 어리고 어리석었던 그때의 나는 불안함을 마주하기보다 외면하는 쪽을 택했다. 분명히 '뭔가 잘못되었다'는 느낌을 받고 있었음에도, 그럴 리 없다고 끝까지 부정했다. 끝까지 부모님한테도 나 자신에게도 어떤 내색도 하지 않았다. 잘 되고 있는 척, 아무렇지 않은 척했다.

시험이 무려 7일 남았던 날에는 이런 일도 있었다. 그날 무언가 공부가 만족스럽지 않았는데, 시험이 일주일 남았음에도 제대로 공부하지 못한 하루였다는 생각에 스스로를 자책했다. '그러니까 내일은 이것, 이것, 이것을 꼭 해야 해' 이런 계획을 세우고 잠자리에 들었는데 너무 예민해져 있었던 탓일까, 그날 새벽 나는 갑자기 토를 해댔다. 다음 날 나는 병원에 가서 약을 지어 먹었지만, 아파서 아무것도 할 수 없었다. 수능은 겨우 일주일이 남아 있는데, 비참한 기분이 들었다.

내가 준비를 못다한 것과, 내가 아픈 것과, 내가 불안한 것과는 상관없이 세상의 시간은 정직하게 흘러가기만 했다. 시험 전 예비소집일 날 만난 친구는 나에게 그렇게 얼굴이 상할 수 있다는 것이 신기하다고 했다. 19살이지만 10년은 더 늙어 보였다고.

'불길한 예감은 빗나가지 않는다'고 한다. 그렇다. 어느 날 불쑥 올라왔을 불안감을, 오랫동안 제대로 알아차려 주지 않아 그 덩치가 커져 버리면 그것은 대개 그것과 비슷한 현실로 나타난다. 그렇게 그 날 밤, 결국 1년 내내 우려하던 일이 일어났다. 내일이 수능인데 잠이 안오는 것이다. 겨우 잠이 들라고 하면 내 의식은 '드디어 잠이 든다!' 이런 말을 속삭이며 얄밉게 나를 다시 깨우는 것이 아닌가.

그렇게 잠들기를 기다리고 기다리다가 침대에서 나는 울음을 터뜨리고 말았다. '시험 전날 잠을 못 자면 어떡하지, 잠을 못 자면 어떡하지' 하며, 그 동안 지나친 걱정을 해왔던 것이 실현된 결과였을 것이다. 아침에는 엄마에게 밝은 표정으로 다녀오겠다고 했지만, 스스로에게도 그래도 잘해보자고 말했지만, 결국 일어날 불행은 일어났다. 그 해 나는 내 앞에 6명을 남겨둔 채로 목표하던 수의대를 가지 못했다.

그 사람

　재수를 결심하는 것은 그리 어려운 일이 아니었다. 수능을 본 다다음날 쯤이면 충분했다. 수능 공부를 하기 위해 집에서 나와 들어갔던 고시원에 들어가 짐을 챙겼다. 이제 고시원 따위에서 공부하지는 않겠다고 다짐하며 말이다. 그리고 짐을 챙기던 그 날 저녁, 그에게서 연락이 왔다.

　"시험 무사히 봤니?"

　그는 1년 동안 틈틈이 내 수학공부를 봐주던 멘토 선생님이었다. 없는 형편에 유료과외까지는 무리였기에, 한 대학생 멘토 프로그램에 신청했었다. 그는 그 곳에서 만난 선생님이었다. 그때까지 나에게는 여자 가족과 여자 친구들밖에 없었고 여고에 다녔어서 세상에 여자만 사는 줄 착각하고 살았었기에, 당연히 여자 선생님이 나올 것이라고 무

의식적으로 생각했었다. 하지만 연결이 된 선생님은 서울대 공대에 다니는 한 남자 선생님이었다.

그는 내가 모아둔 어려운 수학 문제를 가르쳐주곤 했다. 수업이 끝나면 밥도 사주고, 문자로 항상 응원해주고, 수능 잘 보라고 초콜릿도 사주던 좋은 선생님. 나는 여학생이었고 그는 누구나 호감을 가질 만한 괜찮은 남자 사람이었다. 나 역시 평범한 소녀답게 남자 선생님인 그에게 약간의 호감을 가졌던 건 사실이었다. 그런데 그건 내 입장에선 쉽게 단념할 수 있는 수준, 어린 날 스쳐 지나갈 만한 감정이었다. 그런데 수능이 끝나고 시험 이야기로 시작한 그 대화에서 그는 그날 나에게 자기 이야기를 털어놓았다. 부끄럽지만 자기보다 성숙해 보이는 네게 특별한 감정을 느꼈고, 단념해 보려고 했지만 잘되지 않았고, 수능이 끝났으니 한 번이라도 이야기를 해보고 싶었다, 뭐 그런. 당시 나에게는 로맨틱하게 느껴지던 고백이었다.

기분은 좋았지만 겁이 났다. 나는 재수를 절대 실패하고 싶지 않았기 때문이다. 그래서 그에게 공부와 연애를 병행하는 것이 어렵겠다고 말했다. 그러나 그는 선생님으로서 끝까지 날 도와주겠다고, 자신도 재수를 했고, 너 정도면 재수해서 성공할 수 있으니, 한 해 동안 다시 같이 공부해보자 내게 그렇게 이야기했다.

그때 내가 생각하기에 나는, 소심하고 집도 가난한 실패자였다. 무엇보다도 그 무렵 어릴 적부터 가족들을 미워하던 마음이, 실패했다는 창피한 마음과 겹쳐서 가족들 얼굴 보기가 너무 어렵고 싫었다. 그런 나에 비해 그는 모든 것을 가진 사람으로 보였다. 그렇게 나는 그의 뒤에 숨기로 했다.

유리멘탈의 연애

연애와 공부를 병행하는 것은 그 찬란한 시작에 비해 많은 장애물을 만나기 마련이다. 물론 잘 이어가서 연애도 공부도 성공하는 경우도 있다는 것을 안다. 그러나 그것은 서로가 서로에 대해 많은 것을 잘 알고 있고, 이미 안정이 되어있어서 '시험'이라는 이슈에 함께 온전히 주목할 수 있을 때 그렇다. 그리고 확실한 건 그렇게 함께 성공하는 경우는 함께 망하는 경우보다 드물다는 것이다. 특히 나같이 첫 시작이 유난스럽고 서로에게 의지하는 연애라면 더 더욱 말릴 만한 일이다. 한 발쯤 다른 곳을 딛고 있으면서 다음 세계로 들어가는 것은 여간해서 쉽지 않기 때문이다.

"너는 특별해."

재수생인 나에게 그는 말했다. 그리고 그는 나를 정말 특별한 사람으로 만들어주었다. 6살이나 많았던 그는 나를 세심하게 챙겨주며 마치 어린 아이처럼 대했다. '왜 나를 좋아하지?'라는 의심으로 처음에는 경계를 풀기가 힘들었지만 점점 나도 그에게 마음을 열기 시작했다. 어렸을 때부터 싫었던 가난한 우리집, 한번도 마음으로 의지할 수 없었던 나의 가족들을 뒤로 하고 나는 그에게 완전히 기대게 되었다.

여전히 수의대를 목표로 했지만 수의사라는 꿈도 어느샌가 흐릿해져만 갔다. 나를 무조건 사랑해주는 사람, 그와의 미래만을 꿈꾸기 시작했다. 내가 꿈꾸는 꿈이란 그와 함께하는 단란한 가정의 모습이었다. 그 사람은 차라리 대학에 가지 말고 자신과 일찍 결혼하는 것은 어떠냐는 말도 안되는 말을 하기도 했었다. 그만큼 그는 20대 안에 결혼하는 것이 꿈인 순진한 사람이었다. 아버지가 없이 자랐던 내게, 그 사람은 내 모든 정신의 빈자리를 채워 갔다. 그때까지 연애에 있어서 백지상태와 같았던 나는 내 모든 것을 '케어'하고자 하는 그에게 길들여지기 시작했다. 그는 내가 자신에게 일거수일투족을 알리길 원했고, 부족한 것이 있으면 해결해 주었다. 그렇게 나는 나의 내면세계를 만들어갈 시간이라곤 없이, 실패를 교훈 삼아 성숙하게 될 시간도 없이 그에게 완전히 의지하게 되었고, 마음 한편으로는 여전히 가족들을 미워하고 있었다. 그때 그는 나에게 남자 이상이었다. 그가 가진 것은 이 사회가 가지라고 요구하는 모든 것들이었고, 나에게 그는 비빌 언덕, 숨을 곳이었다.

지나보니 참 어리석고 서툰 연애, 서로를 위험하게 하는 연애였다. 그와 내가 나란하지 못했기 때문이다. 숨는다고 사실 아무것도 해결되는 것은 없었다. 마냥 어리고 미성숙한 사람과, 모든 것을 가진듯한 사람의 성급한 만남이 20대의 많은 것을 흔들어 놓을 만큼 위험할 것이라고 그 때는 생각하지 못했다. 스무 살, 나는 그렇게 이상한 재수생활을 시작했다.

'한 번쯤 다시해보지 뭐'의 결말

　연애를 했지만 아무튼 재수는 확실히 달랐다. 정말로 열심히 했었느냐 묻는다면 그렇다고 말할 수 있다. 취업을 준비하던 그와 수능을 준비하던 나는 일주일에 하루를 정해놓고 만났다. 그를 만나는 하루를 위해 6일을 견뎠다. 그때의 하루 일과를 떠올리면 먼저 매일 6시 기상을 지켰다. 그렇게 일찍 눈을 뜨고 세수를 하자 마자 책상에 앉아 국어 공부를 했다, 아침 먹고 4시간의 수학 공부, 낮에는 영어 공부, 저녁에는 남은 수학과 과탐을 공부했다. 좀 지치기는 해도 하루하루 나름대로 꽉꽉 채운 독학 재수 스케줄이었다. 하루에 적어도 9시간, 보통 11시간을 공부하려고 했다.

　사실 그 하루들은 퍽 즐거웠다. 모든 공부가 그를 만나는 하루를 위한 것이었기 때문이다. 일주일에 한 번, 우리는 벚꽃을 보러 가고, 맛있는 것을 먹으러 가고, 영화나 연극을 보고, 때로 비행기를 타지는 않지만 김포공항에 나가 공항 데이트를 하곤 했다. 이대로 손을 잡고 제주도로 떠나는 상상을 하며 말이다. 그런 날 누가 '재수생'이라고 보았을까. 아직도 생생히 기억나는 재수의 5월은 그랬다. 하늘은 푸르고 햇살은 부서지고, 너와 나는 너무나도 젊고, 우리의 찬란한 미래는 마치 손에 잡힐 듯했다. '재수생 주제'에 말이다.

그러나 날이 쌀쌀해지기 시작하면서 나는 조금씩 정신이 들기 시작했다. 열심히는 했는데 아직도 무언가 많이 불안했다. 1년 동안 나아지기는 한 걸까, 모의고사 점수는 오르기도 하고 내려가기도 해서 마치 제자리인 것만 같았다. 9월 즈음이 되고 찬 바람이 불고 나서야 이래서는 안된다는 생각이 들었다. 이제는 진짜 그와의 만남도 수능 뒤로 미루고 공부를 마무리하는 일에 매진해야겠다고 생각했다. 찬 공기를 느끼고서야 간담이 서늘해지고 비로소 나의 현실을 마주하게 된 것이다. 아마 재수를 해본 사람은 이해할 것이다. '정말로 내가 1년을 더 했는데'라는 생각이, 가을 쯤부터 생존의 두려움으로 엄습해온다. 그렇게 재수 막바지에 안간힘을 다했다.

그렇게 공부한 재수가 아무 성과가 없었느냐고 하면 그런 것은 아니었다. 대부분의 과목이 성적이 많이 올랐다. 특히 영어는 이 때 개발한 공부법으로 후에 영어공부법 책까지 썼으니 말이다. 어쩌면 지금까지 내가 치렀던 시험 중의 최고라는 생각도 들었다. 그런데 연애를 병행했기 때문일까. 두 번째 수능 성적표가 도착하던 날, 나는 가장 이상한 성적을 받는다. 난데없이 '수학 5등급'이 나온 것이다.

곤두박질

아마 그쯤이었던 것 같다. 내 인생의 꺾은선 그래프가 급격하게 곤두박질치기 시작한 것은. 그 해 11월, 초등학생 때부터 키워오던 강아지 넙둥이는 갑자기 집 밖을 나갔다. 어머니는 넙둥이를 찾지 못해 목 놓아 우셨다. 경기는 더 나빠졌고, 우리 집안 사정은 그것보다 더 나빠졌다. 어머니가 운영하시던 미용실의 상권은 점점 죽어갔고 장사가 되지 않는 미용실은 내놓아도 나가질 않았다. 그만둘 수도 없고, 장사도 되지 않아 기본 생활비를 걱정할 상황에 놓이자 어머니는 '투잡'을 뛰기 시작하셨다. 낮에는 미용실을 하시고 밤부터 새벽까지 한 회사의 사내 식당에서 야식을 조리하는 일을 하기 시작하신 것이다. 그때부터 아예 누워서 주무시는 날이 없었고, 낮에 쪽잠을 주무시거나 했는데 미용실에 손님이 있을 때는 그것마저 허락되지 않았다. 계속 피곤한 얼굴을 하고 있는 엄마를 보는 내 마음이 갈기갈기 찢어지는 듯했다.

그렇게 하루하루 죽을 수도 살 수도 없이 보내던 11월의 말, 성적표가 내게 날아왔다. 나는 그저 5라는 숫자를 보고 실없이 웃을 수밖에 없었다. 실감이 나지 않아서 눈물이 나지도 않았다. 그냥 말도 안 되는 상황이라 생각했다. 나와 가장 친한 친구 하나는 나에게 웃기다는 듯이 이야기했다.

"그래도 너가 5(다섯 손가락을 펴보이며 묵음으로)는 좀 아니잖아? ㅋㅋ"

그렇다. 내가 생각해도 5는 좀 아니었다. 설마 그럴 리가 없었다. 그놈의 '5' 때문에 내 모든 1년은 날아갔고 수의대 정시는 생각도 하지 못하게 되었다.

수학이라는 글자 밑에 '5'라는 무시무시한 숫자가 뜬 그 성적표를 받아든 그 즈음, 그 사람은 서울대 우수 졸업생으로 선정되고, 국내 거의 모든 대기업을 그야말로 '프리패스'했다. 그때 그가 미소지으며 종일 하던 고민은 '그래서 어느 회사에 갈까?'였고 나는 그 모습을 멍하니 바라볼 수 밖에 없었다. 분명 함께 공부한 1년이었다. 1년 후면, 그의 손을 잡고 함께 어딘가 다른 세상으로 넘어갈 것이라고 막연히 생각해왔다. 그러나 남에게 나도 모르게 나의 모든 삶을 통째로 맡기려 했던 것이, 아주 안일하고 위험한 일이었다는 것을 그때 나는 처음으로 깨달았다. 아무리 좋은 사람이라 한들, 심지어 부모님이라고 한들 내 인생을 남이 대신 살아주기란 불가능하기 때문이었다.

그렇다. 시험도 내가 보고, 대학도 내가 가는 것이었다. 성적에 실망한 내게 그는 끝까지 괜찮다며 다독여주었지만, 그가 정말 괜찮았을지 나는 잘 모르겠다. 어쨌든 나의 실패는 고스란히 내 몫이었다. 그렇게 못난 나는 1년이 지나 더 초라해지고 말았다.

단백질이 뭡니까?

'나 이제 어쩌지?'

사실 마지막 희망은 있었다. 높은 경쟁률을 뚫고 경북대 수의대 수시에 1차에 합격한 것이다. 서류 경쟁률이 10대 1이 넘었고, 면접보다 1차 붙기가 어려운 전형이었기에 나에게 한줄기 희망이 생긴 것이다. 열심히 정보를 검색하고 예상 질문을 정리해서 연습하고 또 연습했다. 수학을 제외하면 '3개 합 6등급'이내라는 꽤 높은 최저 등급 기준도 맞추었으니, 분명 가능성이 있을 것이라고 생각했다. 정말 실낱같은 희망을 가지고 대구까지 면접을 보러 내려가기로 했다. 그때까지는 내가 '뭘 하든 재수가 없는' 인생의 어떤 때를 살고 있다는 걸, 곤두박질치고 있는 그래프에 단단히 올라탔다는 것을 자각하지 못하고 있었으니 말이다.

정말 배려 없게도, 면접은 아침 8시 반에 시작했다. 지금 같았으면 전날 내려가서, 하루를 묵으며 시험을 준비했을 것이다. 그러나 스무 살 때까지 나는 거의 동네 밖을 벗어나 본 적이 없는 어린 애였다. 타지에서 혼자서 투숙하기는 왠지 무서워서, 그냥 새벽 기차를 타고 내려가기로 했다. 아직도 기억이 난다. 새벽 3시. 서울역으로 향하는 택시 창문으로 바깥을 보는데 온 세상이 캄캄하고 조용하고, 차가운 겨울밤이었다. 그렇게 어둠을 달려 대구라는 곳에 처음 내려가는 길, 온갖 생각이 나를 흔들었다. 나는 오늘 수의대를 갈 수 있을까, 아냐 잘 할 거야. 이제 마지막이야.

정말 재수 없게도, 나는 '1번'이었고 도착하고 마음의 준비를 할 틈도 없이 면접장으로 들어가야 했다. 흐린 날씨의 차가운 면접장, 세 명의 수의대 면접관들이 나를 기다리고 있었다. 그리고 내가 미친듯이 외워간 나의 예상 질문은 거의 한 개도 나오지 않았다. 그 전형에는 원래 처음 2분 동안 자기소개를 해야 하는 규칙이 있었다. 그러나 내가 2분을 넘기지 않았음에도 면접관들은 '그쯤 해두라'고 했다. 면접 후기들을 샅샅이 찾아보며 그 전형에 맞게 잘 준비했다고 생각했는데, 수의대 면접은 다짜고짜 나에게 물었다.

"단백질이 뭡니까?"

단백질이 뭐냐고? 그래도 꾸준히 과탐 1등급을 받아온 나다. 단백질이 뭔지 모르진 않는다. 하지만 너무 당황스럽지 않은가. 다짜고짜 단백질이 뭐냐고? 머리가 하얘지고 아무런 생각이 나지 않았다. 감독관들이 차가운 얼굴로 고개를 갸우뚱하는 모습을 바라보며 나는 차마 입을 열 수가 없었다. 모두, 모두 내 편이 아닌 것 같았다.

면접은 오전 면접과 오후 면접으로 되어있었고, 나는 오전 면접을 보았기에 오후 면접자들이 들어올 때까지 퇴장할 수 없었다. 그것도 1번이었기에 남은 지원자들이 면접을 다 볼 때까지 장장 3시간 반을 핸드폰도 없이 대기실에서 멍을 때리며 기다려야 했다. 젠장. 뭐라도 쓰면서 기다리면 좋을텐데, 내게는 면접 예상 문제를 정리한 A4용지와 핑크색 형광 색연필이 하나 있을 뿐이었다. 하필 가지고 들어온 게 연한 형광색 연필이라서 글을 쓸 수도 그림을 그릴 수도 없구나. 나는 그 형광연필로 면접 예상 문제에 '제길'이라고 반복해서 적었다.

'제길. 제길. 제길 ⋯.'

그러는 동안 한 사람씩 면접을 끝내고 들어와 앉았다. 그 중에 아마도 나보다 면접을 망한 사람은 없을 것이라는 생각을 했다. 나보다 한 살이 어릴, 교복을 입은 다른 지원자들이 수줍게 미소를 띄고 대기실에 돌아올 때마다 내 마음은 땅으로 푹 꺼지는 듯했다. 제길, 대구와의 첫 만남은 내게 그렇게 쓰라린 기억이 되었다.

아르바이트

    면접을 잘 보지 못했기에 예감하고 있었지만. 나는 최종에서 떨어졌다. 예비 2번이었는데 소수를 뽑는 수의대 전형에서 2명이나 빠져주지 않았다. 그렇게 마지막 희망이란 것은, 나를 더 비참하게 만들었다. 나는 일단 그냥 돈을 벌기 위해 밖으로 나갔다. 엄마도 밤낮으로 쉬지 않고 일하시는데, 수능도 못 본 주제에 집에서 놀 수 없었기 때문이다. 사실 그냥 집안의 누구와도 마주치고 싶지 않았다. 그렇게 한 백화점 아동복 매장의 아르바이트 자리를 구했다.

    집에서 수능 공부 외에 다른 일은 한 번도 해본 저이 없는 내가 돈을 번다니, 왠지 신기하게 느껴졌다. 한 시간에 5천원, 당시 4천 8백 얼마였던 최저시급보다 높은 것을 자랑으로 여기며, 참 열심히도 일했다. 주 6일 매일 8시간씩,

종일 서서 일하는 일이었다. 그 아동복 매장은 초등학교 고학년 남자아이들이 좋아할 만한 옷들을 파는 브랜드였는데 외국의 축구팀 마크가 새겨져 있는 운동복, 패딩 등이 불티나게 팔렸다. 나에게는 태어나 처음 주어진 일자리였기에 계산하는 법조차 잘 몰랐는데, 이상하게도 전에 일하시던 분은 내가 오자마자 (너무 기뻐하시면서) 그 자리에서 모든 걸 일러주시고 한 시간 만에 떠나버리셨다. 사장님은 다른 백화점의 다른 매장을 경영하고 계시기에, 만나지도 못했다. 그렇게 빈 매장에 어리둥절한 채로 혼자 남게 되자 뭔가 잘못 실수할까 항상 두려웠다.

아동복이란 참 다양한 종류와 사이즈를 가지고 있었고, 부모가 사가고 아이에게 맞지 않는 경우가 많았다. 그래서 반품이나 교환이 잦아 재고관리가 성신이 없는데, 모든 일이 처음이라 여러 가지로 서툴렀다. 한번은 돈이 맞지 않아 내 돈으로 5만원을 채워 넣은 적도 있다. 사장님이 그렇게 하라고 한 것도 아닌데 왠지 내 잘못 같아서 일단 돈을 맞춰야 한다고 생각한 것이다. 하루 일당이 4만원이었지만 말이다. 또 매일 8시간씩 서 있으니 아침에 눈을 뜨면 다리가 아파서 일어서기가 힘들었다. 그때 나는 세상살이가 원래 고되고 억울하고 다리도 아픈 일이라는 것을 처음으로 경험할 수 있었다. 그동안 따뜻한 방에 앉아서 공부만 할 수 있었던 것이 사실 얼마나 감사한 일이었는지도 깨달았다. 그러나 이제 그렇게 공부할 수도 없다. 이제 어디로 가지? 일을 마치고 집에 가서 전기장판에 몸을 녹이고 있노라면 눈물이 났다. 이제 막 스물한 살이 되던 1월이었다. 중학교 때 가장 친했던 한 친구는 이미 서울에 좋은 여대에 들어가서 학점도 따고, 동아리도 하고 미팅과 소개팅에 연애도 열심히 하는 모습이었다. 빽빽하게 스케줄러를 써가며 어엿한 대학 생활을 하는 모습이 참 즐거워 보였다. 스스로 만족할 만한 대학에 들어간 친구는 서울을 누비고 있었고, 표정에서는 자신감이 흘렀다. 비교하고 싶지 않았지만 때로 그런 친구들을 보면 마음이 아파왔다. 가장 예쁠 나이에 왜 내 인생은 내 편이 아닌가? 인생이 저 먼 나락으로 떨어지는 기분이었다.

  그러나 결코 아무에게도 그런 한탄은 입 밖으로 꺼내지 않았다. 그 동안 공부한다며 예민하게 유난을 떤 것도, 재수도, 정신 못 차리고 그에게 의지한 것도, 그리고 시험을 못 본 것도 다 나의 선택이고 책임이라는 것을 알았기에 나는 그저 창피하기만 했다. 그렇게 나는 끝까지 괜찮은 척만 했다.

가장 예쁠 나이에

왜 내 인생은 내 편이 아닌가.

인생이 저 먼 나락으로 떨어지는 것만 같았다.

사장님

그때 내가 얼마나 많은 실수를 했었느냐 하면, 한번은 아들을 데리고 온 한 아빠가 마네킹이 들고 있는 축구공이 얼마냐기에, 나는 배운 대로 2만 5천원이라고 이야기했다.

"오, 그래요?"

그 아저씨 얼굴은 갑자기 화색이 돌았고, 당장 공을 사겠다고 했다. 축구공에는 원래 바코드가 없었고 계산기에 직접 가격을 찍어서 팔아야 했다. 그렇게 나는 아무렇게 않게 25,000원을 찍어서 팔았고 그 손님은 아들과 함께 아주 좋아하면서 돌아갔다. 그 날은 남자친구와의 1주년 기념일이었고, 오랜만에 애슐리에서 즐겁게 저녁을 먹고 있는데 사장님께 전화가 왔다. 전화벨이 울리는 것만 보아도 뭔가 잘못되었다는 기분이 들었다.

"마네킹 공이 모자르네~ 어디 있는지 아니?"

아아, 어제 내가 판 건 판매용 공이 아니라 DP용(마네킹 전시용) 나이키 정품 아동용 축구공이었던 것이다. 정가가 20만원이 넘는 가격이라니, 먹던 음식이 다 체하는 기분이었다.

"괜찮아, 나중에 본사에서 확인하러 오면 한 개 어디 갔는지 모르겠다고 하지 뭐~"

사장님이 쿨하게 말씀하셔서 얼마나 감사했는지 모른다. 쿨한 사장님은 그 밖에도 많은 실수들을 덮어주셨다. 시급은 얼마 되지 않는 일자리지만 좋은 사장님을 만나서 얼마나 다행이었는지 모른다.

나중에 알고 보니 내가 일하는 브랜드에서는 판매 금액의 10%가 사장님께 돌아가는 위탁 판매 시스템이었다. 다른 브랜드는 2-30%가 되기도 한다는데 이 브랜드 계열은 10%만을 준다는 것이다. 문제는 그 곳이 그렇게 사람이 많은 백화점이 아니었고, 하루 100만원 이상 매출이 되는 경우는 한 달에 몇 번 안 되게 드물다는 것이다. 보통 50만원, 많으면 90만원 정도였고, 20만원, 30만원 되는 날도 꽤 있었다. 거기에서 10%가 사장님 수익인데 내가 하루 알바 비용으로 4만원을 가져갔으니, 거의 적자 운영이 아닌가. 1

월부터는 그 사장님이 운영하시던 다른 의류 매장에 가서도 일하게 되었는데, 그 매장도 그러하기는 마찬가지였다.

사장님은 혼자서 아들을 키우는 싱글맘이었다. 사장님은 별로 일을 잘하지도 못하는 나를 예뻐해 주셨고, 중간 중간 담배를 피우러 가시면서도 늘 '잠시만~ 나갔다 올게 ^.~' 하며 생글생글 웃으시던 모습이 기억난다. 주변에 아주머니 직원분들도 어린 나에게 '예쁘니!'라고 부르며 나를 챙겨주셨다. 다들 아이를 낳고 육아를 하다가 아이 학원비라도 벌기 위해 나오신 분들이었다.

백화점 일은 알바생인 나에게도, 어른들에게도 호락호락하지 않았다. 나는 여태까지 물건에 바코드를 찍어 파는 일이 판매인 줄 알았는데, 현장은 그게 아니었다. 무엇보다 엄청나게 추운 지하에서 물류를 올리고, 또 내리는 일이 엄청났다. 또 2주인가 한 번씩 브랜드 지침에 따라 마네킹 옷을 갈아 입혀야 했는데, 어릴 적 인형에 옷을 갈아입히며 놀던 것을 생각했지만 커다란 마네킹의 옷을 갈아입히는 일은 인형놀이와는 차원이 달랐다. 옷이 잘 벗겨지지 않아 엄청나게 힘이 들었다. 매장에서 판매하는 일이 그나마 쉬운데, 꼭 손님이 찾는 것만 매장에 없어서 창고에 달려가 박스더미 속에서 물건을 찾곤 했다. 여기에 매출 걱정까지. 나는 시급 알바생이지만 매출의 10%만을 가져가는 구조에서, 사장님은 여러 가지 고된 일을 돌보며 속이 타셨을 것이다.

　나는 그 백화점 대부분의 직원들이 담배를 피운다는 것을 곧 알게 되었다. 그리고 늘 밝은 미소의 사장님이 밖에 나가 담배 연기를 뱉으며 한숨을 쉬시는 게 아닐까 하는 생각을 했다. 삶의 무게라는 것이 이런 것일까. 공부만 하던 때는 생각도 해보지 못한 바깥 세상의 일들이었다. 재수를 실패하고 대학에서 무참히 탈락을 한 알바생에게도, 백화점에서 그렇게 버티는 사장님에게도 길고 추운 어느 한겨울이었다.

남쪽나라

　그래도 대학은 어디든 가야 했기에, 경북대 자연대에 나는 영혼없이(?) 지원했다. 주변 사람들이 보기에는 아주 쌩뚱 맞은 선택이었을 것이다. 대구와 나는 너무 연관이 없었기 때문이다. 왜 서울에 살면서 굳이 연고도 없는 대구까지 가냐는 많은 물음에는 "이 과가 여기 밖에 없기도 하고 등록금도 싸구요."라고 답했지만 사실 나는 그저 도피처를 찾았을 뿐이다. 나는 일단 가족들을 보기가 너무나 싫고 창피했고, 어디 먼 곳으로 도망가고 싶은 마음이었다. 아예 과도 한참 낮춰서 지원했기에 작지만 입학장학금도 나왔다. 기숙사는 아무래도 싫어서, 2달을 죽어라 일한 돈으로 대구에 작은 자취방을 마련했다. 작은 침대와 책상 하나, 한 뼘짜리 장롱 하나가 놓인 작은 방이었다. 그렇게 연고도 없는 대구로 내려가던 날, 나는 마치 '귀양길'에 오르는 듯했다. 나를 못나게만 만드는 지독한 입시를 벗어나 도망가는 길 같았다. 엄마는 홈플러스에서 각종 생활용품을 사주셨는데 혼자 사는데 필요한 것이 그렇게 많은 줄 그때 처음 알게 되었다. 컵과 그릇부터 청소도구와 빨래용품, 행거⋯. 거의 50만원 어치의 장을 보아 원룸에 놓았던 기억이 난다. 그렇게 처음으로 나만의 공간과 나만의 물건들이 마련되고, 아무도 없는 타지, 이상한 나라 대구에서의 1년이 시작되었다.

그때 그것이 아주 싫었던 것만은 아니었다. 그동안 수험 생활이 끝나면 해보고 싶었던 일들이 가슴속에 얼마나 많있던가. 게다가 아직 한 명도 알지 못하는, 완전히 낯선 곳에서 새로운 삶을 시작한다는 것은 나름대로 신나는 일이었다. 대구는 일단 날씨부터 다른 곳이었다. 대구에서 처음 혼자 외출하던 날, 서울에서 출근하던 때의 옷차림(코트에 부츠에 모자에 목도리)를 하고 나갔더니 나만 혼자서 그렇게 무장을 하고 있다는 것을 깨달았다. 때는 2월이었고, 서울보다 대구는 훨씬 따뜻한 곳이었다. 창피해서, 아니 더워서 목도리를 풀었다. 그렇다. 나는 남쪽 나라로 온 것이다. 길거리에서는 경상도 사투리로 대화하는 소리가 들렸다.

강한 억양, 밝지만 왠지 무심한 어조. 아주 낯설지만 그것이 싫지 않았고, 마치 혼자서 멀리 여행을 나온 기분이었다.

내가 대구에서 처음 들른 곳은 대구역 롯데백화점이었다. 알고 보니 경북대에서 706번 버스로 10분이면 가는 곳이었는데, 나는 바보같이 다른 버스를 타고 동네를 빙빙 돌아서 지하철을 갈아타고 한 시간 만에 대구역에 도착했다. 그 정도로 입시 밖 세상에는 무지한 나였다. 그렇게 혼자 대구역에 잘 찾아갔다고 얼마나 기뻐했는지 모른다.

그때 내 수중에는 2달 동안 백화점 아르바이트를 한 돈에서 보증금과 방세를 내고 남은 70만원이 있었다. 곧 있을 '새내기 배움터'에 입고갈 옷과 운동화를 골랐다. 회색 후드 집업과 레깅스, 스니커즈, 그리고 행사장에서 파는 3만원 짜리 빨강색 가방도 샀다. 지하 푸드코트에서 내가 좋아하는 단호박 샐러드 같은 간식거리도 샀다. 집으로 돌아가는 길, 내 양손에 든 쇼핑백에는 '그래, 이제 수능과 입시 따위는 잊고 평범한 민간인(?)으로 행복하게 잘 살아보자' 하는 다짐이 들어 있었다.

봄

'나는 어쩌면 아무것도 성공할 수 없는
인간일지도 몰라.'

아마 이것이 실패자가 오랫동안
갖게 되는 트라우마일 것이다.

실패자의 봄

'봄바람 휘날리며~'

지난 해에 히트를 쳤던 버스커버스커의 '벚꽃엔딩'이 봄이 되자 다시 울려 퍼지기 시작했다. 21살의 봄, 그래도 대학에 왔다고 예쁜 옷도 사고 뽀얗게 화장도 하고 다녔다. 두꺼운 대학 교재들을 끼고 캠퍼스를 누비며 강의실을 찾아다녔고, 야무진 학점 계획도 세웠다. 수능 공부를 할 땐 못했던 것들, 티비도 보고 맛있는 것도 먹고, 새로 만난 친구들과 어울려 술도 마시러 가곤 했다. 대구에는 서울보다 벚꽃이 피는 거리가 많아서 혼자서 벚꽃 구경도 참 많이 했다.

사실 다른 사람들이 보기엔 그냥 재수해서 들어온 한 1학년생일 뿐이었을 것이다. 참으로 풋풋하고 즐거워 보였을 수도 있다. 그런데 나의 마음 한구석은 시퍼렇게 멍이 들고 있었다. 나는 왜 대구까지 와서 이렇게 속수무책으로 놀고 있는가? 나는 이제 뭐 하지? 수의대에 떨어지고 도피처로 입학한 학교이지만 처음엔 그곳을 졸업하고 그 전공을 살릴 생각이었다. '천문대기과학과'. 희소성 있는 전공이라 기상청이나 연구직으로 진로를 찾기도 쉬울 것 같았고, 그래도 좋은 국립대인데 딱히 나쁠 것도 없다고 생각했다. 그게 안 되면 2학년까지 열심히 다니면서 PEET시험을 준비해서 약대로 편입할 생각이었다. 진지하게 여러 가능성에 대해 머리가 아프도록 고민했다. 언젠가 필요할 것 같아 토익책도 사서 끄적거리기도 했다. 어쨌든 수능을 다시 보는 것은 싫었다. 아니 그 무서운 걸 다시는 못하겠다고 생각했다. '하루 5시간씩 공부한 수학이 5라니... 5라니!' 이것은 좀 아니라고 생각했다. 나랑은 정말로 인연이 없는 것이 수능이 아닐까. 이제는 다 때려치우고 싶었다. 그렇게 어떻게든 수능 말고 다른 방법을 찾으려고 노력했다. 그러나 이런 고민들은 꼬리에 꼬리를 물다가 다시 '뫼비우스의 띠'처럼 다시 원점으로 돌아오곤 했다. 사실 당연한 것이, 이제 막 대학교에 들어간 21살이 인생에 대해 무엇을 알 수 있겠는가. 하지만 나는 내 주위 동기들처럼 대학에 들어와 마냥 신이 난 신입생이 아니었다. 내 가슴은 조급하고 답답했다.

그때쯤 남자친구는 국내에서 제일 연봉을 많이 주는 대기업에 입사해서 신입 연수를 받고 있었다. 젊고, 건강하고, 머리도 좋은 그의 인생은 이제 전성기에 접어드는 듯했다. 그의 주변 친구들의 여자친구는 약사나 교사나 대기업에 다니는 사람들이었다. 그러나 이제 그와 4시간 거리로 멀리 떨어져 나온 나는 돈도 없었고, 내세울 만한 것이 하나도 없었다. 아니, 내가 무엇을 할 수 있는지, 무엇을 좋아하는지조차 알 수 없는 상태였다. 지금 생각해보니 그건 스물한 살에게 어쩌면 당연한 일이 아닌가. 그러나 수능을 두 번 실패했다는 이유만으로 나의 20대의 자아상은 시작부터 아주 엉망이 되어 있었다. 왠지 그의 주변 사람들이 그에게 뭐라고 말할지 뻔히 보이는 듯했다. 아마 나 같은 어린 애를 왜 만나냐고 하겠지. 나는 왠지 점점 그에게 떳떳해지지 못하고 있었다.

신입생인 13학번을 반겨주려고, 대학 교문에는 이런 커다란 현수막이 걸려있었다.

'보고 13! 친해지고 13!!'

그래, 나도 저 현수막처럼 발랄하게, 내 친구처럼 반짝반짝한 대학 생활을 하고 싶었다. 그러나 벚꽃이 피는 찬란한 봄에, 내 마음은 점점 깊게 멍이 들어가고 있었다. 특히 수의대 건물을 지날 때마다 정말로 내 가슴은 '총 맞은 것처럼' 아팠다. 그래서 수의대 건물 위치를 안 후에는 그 주위를 얼씬하지 않았다. 그리고 영어 수업에서 같은 조에 배정된, 참 착했던 한 친구가 수의대 신입생이라는 것을 알게 되었을 때, 나는 그 친구 얼굴을 보기가 힘들었고 정말 한참을 우울해했다. 왜? '너무 부러워서.'

나에게 이루지 못한 꿈이란, 지난 실패란 아직도 너무나 선명한 것이었다. 이제 막 20대, 아직 너무 어리고 창창한 나이라는 것을 알고 있으면서도, 같은 또래인데 훨씬 더 좋은 출발선에 선 이들을 보면 열등감이 생기는 것이 내 마음이지만 어쩔 수가 없었다. 무엇보다 연거푸 실패를 겪다 보니 내가 앞으로 무엇을 잘 할 수 있으리라는 자신감을 갖기가 힘들었다.

'나는 어쩌면 아무것도 성공할 수 없는 인간일지도 몰라.'

아마 이것이 실패자가 오랜 기간 갖게 되는 트라우마일 것이라.

신입생 페스티벌

"서림아 너는 파트너 정했어?"

나는 한참 동안 설명을 들은 뒤에야 이해할 수 있었다. 우리 과에는 매년 3월이면 자체적으로 열리는 행사가 있었다. 바로 '신입생 페스티벌'. 이 신입생 페스티벌에는 몇 가지 규칙이 있었는데, 모든 1학년은 반드시 참석해야 하고, 참석할 때는 꼭 이성의 선배에게 파트너 신청을 해야 한다는 것이었다. 학교 근처의 술집을 전체로 빌려서 하는 행사. MC를 맡는 3학년 선배도 정해져 있었다. 동기들은 재미있을 것 같다며 모두 엄청나게 신이 나 보였다. 마치 시상식이라도 되는 것처럼, 어떤 옷을 입고 어떻게 꾸미고 갈지에 대해 여자 동기끼리 이런 저런 말들이 많았다.

지금 생각해보니 참 낭만적이고 귀여운 대학 행사다. 하지만 나는 너무도 부담이 되었다. 당시 나에게는 학과 생활이 조금도 안중에 없었기 때문이다. 나는 원래 술을 못해서 술자리에 참여하는 것도 힘들었고, 동기들하고 아주 친하지도 않았고, 파트너 신청을 할 친한 선배 역시 한 명도 없었다. 그나마 아는 선배들은 이미 다 파트너가 정해져 있었다. 게다가 이런 행사가 남자친구에게도 별로 기분 좋을 일이 아니지 않은가. 비록 별 의미 없이 아무 파트너를 정해서 입장한다는 것이고, 남자친구나 여자친구가 있어도 상관이 없다는 나름의 룰이 있다고 해도 말이다. 안 그래도 별것 아닌 일로 서로 예민해져 다툼도 잦았던 시기였다. 신입생 페스티벌로 잔뜩 신이나 떠들고 있는 동기들 사이에서 나는 혼자 생각이 복잡했다. 도대체 이곳은 선배와 후배의 친목을 왜 이리도 중요시 여기는가. 신입생이 주인공이 되는 행사라 '반드시 필참!!!'이라는 압박이 있었다. '그냥 못 간다고 할까?' 수도 없이 고민했지만 갓 스무 살을 넘긴 내게 처음 들어간 대학교에서 오는 그 군중의 압박이란 엄청난 것이었다.

안 그래도 타지에서 별로 적응도 못하고 있고, 선배들 대하기가 어려운데 누가 누군지 다 아는 소수과에서 나만

쏙 빠질 수도 없는 일. 서로 친해지자고 하는 행사인데 나는 착잡하기만 했다.

결국 신입생 페스티벌을 일주일도 남기지 않은 채로 나는 결단을 내렸다. 과에서 제일 나이가 많은, 소위 '화석'이라고 불리는, 고학번 선배에게 파트너가 되어달라고 부탁하기로 한 것이다. 그 분은 대학생활을 다해봐서 이제 별로 흥미도 없어 보였지만 말이다. 이제까지 한 번도 제대로 인사한 적이 없었는데 용기 내서 말을 걸었다. 어찌저찌하여 파트너 신청이 늦어졌고, 같이 가줄 사람이 없으며, 이런 신입생 행사에 언짢아할 것 같은 남자친구도 있다는 내 사정을 이야기하고, 정말 죄송하지만 같이 가주시면 정말 감사하겠다고 말이다. 그 선배는 "신입생 페스티벌에 내가? 창피한데...ㅠㅠ"라며 어쩔 수 없이 승낙해주셨다.

그 신입생 페스티벌에는 또 하나의 룰이 있었다.

『 여자는 원피스에 구두, 남자는 정장, 그리고 남자 파트너는 여자 파트너에게 꽃 한 송이를 주기 』

하, 이렇게 요란한 행사가 다 있나! 타지에 홀로 남은 '아웃사이더' 같은 나에게는 미칠 노릇이었다. 이제와서 옷을 새로 사기는 그렇고, 어쩔 수 없이 재작년에 수능이 끝나고 샀던 원피스 한 벌과, 사놓고 여태 신지 않았던 구두 한 켤레를 찾아서 꺼내놓았다. 이상하게도 처음에는 가기 싫었는데 그렇게 옷을 꺼내놓고 꾸밀 생각을 하니, 왠지 재미있을 것 같다는 생각도 들고 약간의 기대도 되는 것이다. 나도 모든 것이 처음인 풋풋한 새내기였으니 말이다.

그렇게 그날 저녁 7시. 그 고학번 선배는 장미꽃 한 송이를 들고, 드레스코드에 맞게 정장도 입고, 신입생 페스티벌 입구에서 나를 기다리고 있었다. 그러나 그날 저녁, 나는 그곳에 가지 못했다. 나에게 분기마다 한 번씩 가끔 있는 일인데 알러지성 결막염이, 꽃바람이 불던 그날 갑자기 도진 것이다. 내 눈은 거의 제대로 뜰 수 없을 지경으로 심하게 부어올랐다. 아무리 알러지 안약을 넣어도 소용이 없었다. 이런 괴물 같은 눈으로 도저히 집 밖으로 나갈 수가 없었다. 헉, 이걸 어떡하지? 나는 정말 너무 당황하고 미안해서, 부어버린 한쪽의 눈 사진까지 찍어 보내는 무례를 저질렀다. (그리고 선배에게는 '그렇게까지 안해도 되는데;;' 라고 답장이 왔다.) 계속 죄송하다고 하는 내게, 그 선배는 괜찮다고 재미있게 놀다 돌아갔다고 했지만 이후 그 분은 후배들에게 한참 놀림감이 되었다고. 지금 돌이켜 보니 웃기기도 하지만 그 때 나는 그 분께 석고대죄라도 하고 싶을 정도로 미안한 마음이 들었다. 그리고 그 날 저녁 나는 아무것도 하지 못한 채, 방의 불을 끄고 이불 속에서 울어 버리고 말았다.

"왜 이렇게 되는 일이 없지."

이제 이런 말을 뱉는 것도 지쳐버렸다. 2-30명 남짓 되는 소수과, 그것도 이렇게 요란스러운 행사가 있는 과에 내가 왜 왔을까. 내가 사회성이 부족한 탓일까, 생각이 많아서일까, 아니면 말투가 달라서일까. 점점 더 적응이 어려운 것 같았다. 내 꼴이 서럽고 우스웠다.

생각해보면 그 1년 동안 나는 참으로 재수가 없었다. 차갑고 날카로운 질문을 던지던 수의대 면접날부터, 또 하필 신입생 페스티벌이 열리는 저녁에 그렇게 눈이 부어오르는가 하면, 한번은 길을 지나가다가 머리에 아니 그것도 정확히 안경테에 새똥을 맞기도 했다. 날아가는 새의 똥이 지나가는 사람에게 떨어지는 것은 희박한 확률이라던데 말이다. 그 밖에도 '뒤로 넘어져도 코가 깨진다'는 말이 무엇인지 나는 계속해서 깨달을 수 있었다. 크고 또 사소하게, **내 인생은 내게 많은 시험을 걸어왔다.** 마치 걷고 있는데 자꾸 발을 거는 느낌이랄까. 나는 인생이 나를 부리는 대로 매번 걸려 넘어질 수밖에 없었다.

버스 커튼 뒤에서

정체된 나의 마음과는 상관없이, 학교는 신입생들을 위해 바쁘게 돌아가고 있었다. 3월 말, 우리 과는 전 학년 엠티를 떠났다. 대학 생활의 꽃, 엠티라니. 대학을 가서 엠티를 가는 일이란 그동안 재수 생활을 하며 얼마나 많이 꿈꿔오던 일인가? 사람들과는 어색하지만 사실 엠티에 대한 로망이 없었던 것은 아니다. 그나마 친했던 동생과 버스에 같이 앉아서 이런 저런 이야기를 하면서 갔다. 그 친구는 벌써 같은 과 한 선배와 썸을 타고 있었다. 그렇게 우리는 폐교된 학교를 개조한 듯한 시골의 한 숙소에 도착했다. 그리고 그날 밤 엠티에서 절대 빠질 수 없는 남자 신입생 여장 놀이도 하고, 장기자랑도 하고 술도 마시고 게임도 하고 무슨 서바이벌 총 게임도 했다. 사다리 타기 게임에

서 걸린 나는 '1더하기 1은 귀요미~' 송을 불러야 했다. 삼
겹살도 구워 먹고 라면도 끓여 먹었다. 원래 조금만 웃겨도
꺄르르 잘 웃는 성격이라 나도 친구들이랑 실없이 많이 웃
으며 놀았다. 마지막날엔 라면으로 해장을 하고, 선후배 모
두 롤링페이퍼를 돌리며 훈훈하게 마무리되었다.

그런데 2박 3일의 일정이 끝나고 학교로 돌아오는 버스
안, 다들 놀다 지쳐 입을 벌리고 자고 있는 그 버스 안에
서, 나는 아무도 모르게 커튼으로 얼굴을 가리고 울고 말
았다. 그것도 엄청나게 펑펑. 휴지도 없어서 쏟아지는 눈물
콧물을 손으로 닦고 옷으로 닦고 말이 아니었다. 정확히
왜 그랬는지는 모르겠다. 그저 내 존재가 슬펐다. 여긴 어
딘가, 나는 누구인가. 눈물이 하염없이 흘렀다.

0점. 0점!

　　그렇게 엠티도 끝나고 중간고사 시즌이 되었다. 내가 다
니던 과에서 가장 중요한 과목은 물리였다. 물리 과목은
중간고사, 기말고사 외에 4월 초에 한 번의 시험이 더 치러
졌다. 이과니까 나중에 PEET(약학대학시험)를 준비한지
도 모른다고 생각했고, 어쨌든 학점은 중요한 것이라 생각
해서 나름대로 시험 준비를 했다. 과학을 좋아해서 그러저
럭 재미있게 시작했지만 수능 물리도 선택하지 않았기에
기본기가 부족해서인지 어쩐지 점점 어려워졌다. 그래도
전전긍긍하며 공부를 마치고 시험을 보았는데 뭔가 내 맘
대로, 억지로 푸는 기분이 들었다. 반 정도밖에 풀지 못한
것 같은데 그것마저도 잘 본 건지 못 본 건지 전혀 감이 잡
히지 않았다. 그리고 며칠 뒤, 생각보다 빨리 점수가 나왔

다. 각자 설정한 번호 옆에 점수와 등수가 뜨는 형식이었는데, 내가 설정한 번호는 9312(93년 12월 생이니까!)였고. 반에서 70명 중에서 7등이었다. 나는 너무 기뻤다. '그래! 나도 할 줄 아는 게 있는 거야! 처음 공부했는데 나름 괜찮잖아?' 나는 이것을 한참을 자랑스러워했다. 그런데 며칠 뒤 그 공지를 다시 보게 되었다. 응? 9312가 한 명이 더 있었다. 그런데 그 9312는 0점. 그것을 보는 순간 그 9312가 나일 것이라는 섬뜩한 기분이 들었다.

만약 이런 일이 지금의 나에게 생긴다면 그냥 재수강해야겠다며 웃어넘길지도 모르겠다. '웃기네, 어떻게 9312가 2명이냐' 하고 교수님께 전화를 걸었을 수도 있겠다. 그런데 그 시절 가슴에 시퍼런 멍을 키우고 있던 나에게 이번 일은 또 한 번의 '강력펀치'였다. 마음의 어느 한쪽에서 다시 이런 목소리가 들리는 듯했다.

"넌 이곳에서마저 낙오자가 되는구나."

그때 나는 나에게 이런 말밖에 할 줄 모르는 존재였다.

아직도 그 0점이 나인지는 확실히 모른다. 확신은 없었지만 그래도 뭐라고 쓰긴 했는데 정말 0점이었을까? 그러나 나에겐 그 0점이 내가 맞느냐고 교수님께 확인 전화를 드릴 용기도, 정신적인 여력도, 어떠한 적극성도 남아 있지 않았다. 그저 21살의 어린 나는 인생이 뭔가 '망해가고' 있다는 생각이 들었다. 아예 처음부터 꿈이나 열정도 크지 않은 사람이었으면, 사실 대학 생활쯤 그냥저냥 되는대로 즐겁게 살 수도 있을텐데. 나의 능력에 대한 큰 기대, 대입과 대학 생활에 대한 거대한 기대 때문이었을까. 아니면 내 성격이 너무 소심한 탓이었을까. 분명 이곳에서 나름대로 무언가 해낼 것이라 생각했는데 나란 인간은 뭐 하나 제대로 할 줄 아는 게 없는 것처럼 느껴졌다. 인생이 실패만 거듭하는 긴 터널 같았다. 아주 컴컴한 긴 터널 말이다.

강력펀치

취업을 한 뒤 그 사람은 어딘가 멀게 느껴졌다. 신입 연수에, 출퇴근에 너무도 바빴다. 새벽 5시에 일어나야 하는 그는 피곤에 지쳐 9시 반이면 잠들고는 했다. 멀고 바쁜 우리는 자주 만나지 못하고 갈등이 생겨도 잘 풀지 못했다. 갈등은 쌓이는데 그는 회사를 다니는 것이 힘들고 나는 타지생활에 치이고, 전과 다르게 우리는 서로 품어주는 일이 없었다. 마음이 썩어들어가는 것만 같았다.

그동안 무조건 내 편이 되어주었던 사람. 아빠처럼 나를 돌봐주는 사람. 온전한 가정에서 자라지 못했던 나는 그와의 행복한 미래를 꿈꿨다. 하지만 나는 어렸고, 사랑하는 법을 몰랐다. 멀리 있는 그, 여기서 혼자 적응도 못하고 있는 나. 이 상황을 어떻게 대처해야 하는 것인지 방황하는 마음이 통제가 되지 않았다. 지난 1년 동안 우리는 나는 재수생, 그는 졸업을 앞둔 취업준비생으로서 착실하게 살았다. 하지만 그가 연이어 성공을 거두는 동안, 나는 뼈 아픈 실패만 거듭해서 겪을 뿐이었다. 시간이 갈수록 그에 대한 열등감이 나의 가슴 한켠에 쌓여 갔다. 나는 그의 성공이 자랑스러우면서도 미워졌다. 그가 밉고, 또 그와 그렇게 대비되는 내 자신이 부끄러웠다. 겨우 21살이 된 나는, 나와 인생의 여섯 계단이나 차이 나는 그를 이해하지 못했다. 그도 지쳐갔고 결국 우리는 헤어지자는 이야기까지 오고 갔다. 세상이 무너지는 기분이었다.

누구나 무엇에 실패할 수도 있고, 남녀가 만나서 헤어질 수도 있다. 사실 그게 그렇게 큰 일인가? 그러나 나는 깨달았다. 아무리 보잘 것 없는 일이나, 흔한 일이라도 그것이 막상 여러 번 펀치를 날리면 죽고 싶어질 수도 있다는 것을. 밥도 넘어가지 않고 잠도 오지 않았다. 침대에 누워있는데 그야말로 '불지옥'에 떨어진 기분이었다. 이별은 세상에서 가장 슬픈 몇 가지 일에 들어갈 수도 있는 일이라는 것을, 그때 처음 알게 되었다. 누군가 죽는 것도 아닌데, 둘 다 멀쩡히 살아있다는 것이 더 지옥 같은 일이니까. 게다가 이건 전적으로 내가 못난 탓으로 생긴 일이 아닌가. 그래,

지옥이 있다면 분명 이런 곳일 것이다.

그 무렵 나는 처음으로 '소극적 자살시도'를 해보았다. 진짜 죽으려는 것은 아니었다. 그러나 침대에 누워 눈을 감고 가만히, 진지하게 숨을 참아보았다. 우스운 발상이지만 그 정도로 살고 싶지 않다는 생각이 들고 만 것이다. 그러나 그렇게 숨을 참아보았자 이내 숨이 막혀서 죽을 수도 없었다. 그렇게 며칠을 보내자 생각이 하나, 둘 모아졌다.

다시, 해볼까?

더 이상 잃을 것이 없을때

처음엔 그와 헤어져서 슬픈 줄 알았다. 하지만 깊게 생각해보니 내가 고통스러운 것은 그 사람 때문만이 아니었다. 그가 떠나간 사실보다도, 사실 나를 더 힘들게 하고 있는 것은 나의 끈질긴 '실패의 넋'이었다. 치열하게 고민했던 많은 일들이 그 안에 갇힌 채 답이 나오지 않는 상황이 2개월이 지속되던 것이, 이별을 끝으로 뭔가가 폭발해버린 듯했다.

이제 공부만 아니면 다 할 수 있을 것 같았는데, 그게 아니었다. 이 상태에서 더이상 다른 만족을 찾기란 힘들 것 같았다. 지금의 내가 그나마 할 줄 아는 것이 몇 년을 해오던 공부뿐이지 않은가. 이대로 마무리 지을 수 없다는 결론을 내렸다. 이렇게 생각이 하나 둘 모아지자 가슴 속에 무언가가 꿈틀, 하는 것이 느껴졌다. 그동안은 실패가 두려워서 아무 결론도 내리지 못했지만, 이제 어차피 다 잃었으니 잃을 것이 없어 보였다.

'크게 성공하지 못해도 상관없어. 단지 지금보다만 나아지면 되는 거야. 지금이 바닥이니까.'

'단지 지금보다만 나아지면 된다'라는 간단한 생각을 왜 그때까지 해본 적이 없었을까. 왜 나는 항상 저 먼 곳만, 도무지 닿지 않을 듯한 저 높은 곳만 바라보고 무서워했을까. 지금보다만 나아지면 된다는 다짐을 한 다음부터 나는 더이상 무서울 것이 없어졌다. 이제부터 결과는 생각하지 않기로 했다. 그래, 결과가 무서우면 아예 결과를 생각하지 않고 하는 거야. 나는 그저 이 방황의 고통을 끝내고 다시 무언가를 착실하게 시작하고 싶었다. 끝없이 내리막길만 그리는 것 같았던 인생의 그래프가 마침내 최하점을 찍고 다시 올라가기 시작하는 순간이었다.

변화의 시작

그렇게 마음을 정리하고 서울에 올라갔다. 그에게 작별 인사를 하기 위해서였다. 서울에 올라가서 내가 가장 먼저 한 일은 머리를 자르는 것이었다. 그동안 파마와 염색으로 많이 손상된 채 달고 다녔던 긴 머리를 단발로 잘랐다. 무거운 긴 머리가 잘리자 머릿속도 왠지 시원해지는 기분이 들었다.

그가 나의 선생님이던 시절 함께 자주 만났었던 신림동 카페에 앉았다. 어딘가 놀란 눈빛, 그러나 차가운 눈빛이었다.

"단발 잘 어울리네."

회사에 들어간 이후 그는 어딘가 다른 사람으로 느껴졌었다. 그리고 이 자리까지 나온 그는 많이 지쳐보였고 냉정해 보였다. 나도 그를 더 이상 붙잡지 않았다. 그렇게 우리는 헤어지기로 했다. 예상하던 일이었지만 정말 마지막이라 생각하니 슬프고 눈물이 나는 건 어쩔 수 없었다. 그러나 뒤를 돌아보지 않기로 했다. 더 이상 지체하고 싶지 않았다. 나에게는 대구로 돌아가서 스스로 마무리해야 하는 일들이 있었다.

그와 헤어지고 나오는 길에 역에 있는 큰 쇼핑몰에 들어갔다. 그곳에서 그동안 끼고 있었던 커플링을 대신할 반지를 하나 샀다. 충동적인 소비였지만 그냥 나에게 선물하고 싶었다. 당시 나에게는 거금이었던 4만 5천원짜리 두꺼운 은반지였다. 왠지 모르겠지만 이런 속시원한 소비는 처음이었다. 반지를 사고 에스컬레이터를 타고 가장 높은 층에 있는 극장으로 올라갔다. 그와 자주 데이트하던 극장이었다. 7층 창가자리의 의자에 앉아서 멍하게 거리를 한참 내다보았다. 그와 영화표를 끊어놓고 영화 시간이 될 때까지 앉아서 이야기를 나누던 자리였다. 그 자리에 앉아 검지에 낀 새 반지를 만지작거리면서, 이제부터 온전히 '내 인생'을 살기로 다짐했다.

그 때 나에게 든 생각은 '모든 것이 나의 잘못'이라는 것이었다. 이것은 자책이 아니라 참회였다. 그동안 반쯤, 아니 어쩌면 전부를 남에게 혹은 운명에게 의지하고 말았던 내 마음을 이제서야 정면으로 돌아보게 된 것이다. 지난 시간 동안 나는 '남들은 그냥 들어가는 것 같은데' 왜 나에게는 인생의 문이 열리지 않는지 궁금했었다. 도대체 왜? 나에게는? 하늘을 보고 이런 질문을 던지며 나의 모진 운명을 탓했었다. 그런 나는 그에게 열등감 덩어리의 어린 여자친구 밖에 되어주지 못했고, 또 마음 한편으로는 그에게 많은 것을 의지하고, 또 그의 뒤에 숨고 있었던 것이다.

'시험이라는 거 그저 한번쯤 더 해보면 성공하겠지', '그저 시간이 가면 어떻게든 되어 있겠지' 라고 생각했었다. 그러나 내 인생의 '벽'이란 아무도 대신 넘어줄 수가 없는 것이었다. 딱 1년이라는 시간이 지나니 그의 성공은 그의 것, 나의 실패는 나의 것으로 남았다. 그러나 그 실패를 도저히 인정할 수가 없어 이렇게 괴로웠던 것이다. 돌아보니 모든 것이 성숙하게 대처하지 못한 나의 부끄러운 잘못이었다. 이렇게 모든 일이 나의 잘못임을 인정하니 정말 아프고 아팠다. 그러나 마음이 한결 가볍고 차분해졌다. 이제 그렇게 원망스러웠던 지난 날의 실패도, 난데없이 수학

5등급이 나온 일도 있는 나는 그대로 받아들이기로 했다. 공부의 실패도, 사랑의 실패도, 타지에서 숨어지내는 것만 같은 지금의 상황도 말이다. 그래, 모두 나의 책임이었다. 마음은 비참했지만, 신기한 것은 받아들이고 나자 다시 나아갈 힘이 생겼다는 것이다. 나는 다시 나로 돌아와 내 인생의 벽을 직접 넘기로 했다.

대구로 돌아가기 전에 인사를 하려고 그 날 저녁 하나를 만났다. 왜 그런 표현을 썼는지 모르겠지만, 나는 하나에게 이렇게 말했다.

"나 이제 가슴에 칼을 꽂고 공부할거야"

그동안 운명의 매질을 당하고만 있다고 생각했던 나의 마음에, 그날부터 날카롭고 튼튼한 검이 하나 꽂혔다.

바람이 분다

날이 밝았다. 우습게도 아침에 눈을 뜨고 천장을 보자 또 덜컥 겁이 났다. 이별을 해본 사람이라면 알 것이다. 이제, 정말, 그는 없다! 그리고 나 혼자 나의 할 것들 앞에 덩그러니 남겨진 것이다. 천장을 멀뚱멀뚱 바라보며 지난 날들을 생각하자니 다시 마음이 무너졌다. 마음이 더 약해지기 전에 서둘러 짐을 싸서 집을 나와야 했다. 터미널에 가려고 지하철을 기다리는 동안, 나는 이런 핸드폰 메모장에 이런 글을 썼다.

'다 내려놓자.'

내려놓음. 나는 마음이 서러워질 때마다 내려놓음이라는 이 단어를 되새겼다. 신기하게도 '잊자', '그만하자' 이런 마음보다도 '내려놓자'라는 말이 훨씬 더 나를 진정시켜 주는 듯 했다. 내려놓음. '내가 어떻게 해보자'가 아닌 '삶에 맡기자'는 뜻. '내려놓음'이라는 한 단어가 이렇게 엄청난 위안을 주는지 몰랐다. 그렇게 모든 것을 내려놓자는 마음으로 대구행 버스에 올랐다. 그리고 우연히 그 버스에서 이소라의 '바람이 분다'라는 노래를 듣게 되었다.

바람이 분다

서러운 마음에 텅 빈 풍경이 들어온다

머리를 자르고 돌아오는 길에

내내 글썽이던 눈물을 쏟는다

...

세상은 어제와 같고

시간은 흐르고 있고

나만 혼자 이렇게 달라져 있다.

바람에 흩어져 버린

허무한 내 소원들은 애타게 사라져 간다

...

내게는 천금 같았던

추억이 남겨져 있던

머리 위로

바람이 분다

하필이면 그때 왜 이런 노래를 듣게 되었을까. '바람이 부는 날', '머리를 자르고', '집으로 돌아가는 길'. 버스 안에는 사람이 별로 없었고 나는 다시 한번 눈물과 콧물을 쏟으면서 대구로 내려왔다. 서럽고 서러웠다. 그렇게 4시간이 흘러 대구의 터미널에 다다르고 있었다. 신기하게도, 도착할 때쯤 되자 '바람에 흩어져버린' 지난날의 '허무한 소원'들이, 정말 바람에 다 날아가 버린 듯 속이 시원했다.

일사천리

그 뒤로 나는 미친 듯이 공부했다. 일단 수의대를 다시 목표로 했다. 그런데 이번에는 수의대라는 궁극적인 목표 보다는 공부 자체에 집중하기로 마음을 먹었다. 이제는 공 부 자체가 나에게 엄청난 에너지를 주었다. 공부가 이렇게 재미있는 건지 나는 그때 처음으로 깨달았다. 재수 이후로 거의 6개월을 쉬었는데, 그동안 방황하며 치열하게 고민해 서 그런지, 아니면 나이를 조금이라도 더 먹어서인지 모르 겠다. 머리가 확실히 더 좋아진 느낌까지 들었다. 이제 공 부가 재미있다 못해 다정하게 느껴졌다.

이별의 아픔이 떠오를 때마다, 타지 생활이 힘들고 외롭 게 느껴질 때마다 나는 공부로 도망쳤다. 예전에 고시원에서도 혼자 생활하며 공부를 해보았지만 이제 공부를 대하는 마음이 180도 달라졌음을 느꼈다. 나는 그 전까지는 마치 공부를 통해 나의 죗값이라도 치루는 것처럼 공부했었다. 열심히 하는 것도 힘드니까 두렵고, 그렇다고 공부를 안하는 것도 불안하고 두려워서 나는 언제나 '쫄보'였다. 그러나 이제는 다르다. 공부는 오히려 나에게 힘든 현실을 잊게 하는 '도피처'가 되어주었다. 계속 쫄보로 살 바에야, 차라리 공부라는 도피처를 향해가는 '폭주 기관차'가 되기로 마음을 먹은 것이다.

예전의 나는 열심히 공부하고 적절하게 쉬는 방식을 택했었다. 그렇게 주 6일은 공부하고, 하루는 쉬었었다. '6일이나 했으면 하루 정도는 쉬어야지. 그래야 다음주에 또 잘 할 수 있어.' 나는 이렇게 생각했었다. 하지만 그런 생각의 밑바탕에는 공부를 싫어하는 것은 아니더라도 할 수만 있다면 안하고 싶은 마음, 공부보다 더 좋아하는 무언가가 자리하고 있었을 것이다. 그러나 이제는 쉴 필요가 없었다. 6개월을 '고통스럽게' 쉬고 나니, 쉬는 날은 나에게 굳이 더 이상 필요하지 않았다. 나는 미친 듯이 '공부만' 하기로 했다. 정확하게 말하면 공부를 쉬는 것이 괴로웠다. 공부를 놓고 내 현실을 바라보는 것이 더 고통스러웠다. 이제 차라리 공부하는 게 낫다고 느낄 정도로 공부는 그 자체로 나에게 쉼이 되었고, 마음의 안정을 가져다주는 존재였다.

이때부터 나는 공부를 놓지 않으면서 먹고, 자고, 길을 걸었다. 지금까지 공부라는 것과 나의 자아를 둘로 구분해서, 둘 사이에 많은 갈등이 생겼던 것이 아닐까? 이렇게 공부와 '혼연일체'가 되는 것이 훨씬 더 쉽다는 것을 나는 깨닫게 되었다. 타지에서 외톨이처럼 지내던 나는 비로소 마음의 비빌 언덕을 찾았다. 바로 공부였다.

미친 여자

　그렇게 공부를 다시 시작할 무렵, 나는 5등급이라는 이해할 수 없는 결과에 한을 품고 처음 두 달은 거의 수학공부만 했다. 그때 감정적으로 복잡했던 나를 완전히 차분하게 바뀌게 만들어 준 건 바로 이 수학 공부라고 말할 수 있다. 이때 수학은 나에게 정말이지 새 애인과도 같았다. 이때의 강렬한 경험은 후에 내가 무려 수학교육과를 선택하게 되는 계기가 되기도 했다.

　아침에 일어나서 눈을 뜨자마자 나는 수학책을 펴서 한 문제를 외웠다. 그리고 샤워를 하는 동안 머리로 그 문제를 풀었다. 시간표를 거의 모두 오후 수업으로 해놓았기 때문에 그 전에 2-3시간은 온전히 수학 공부에 매달릴 수 있었다. 학교에 가서도 교수님이 강의하시는 동안 맨 뒷자리에 앉아서 문제집을 풀었다. 학교에 가는 길, 과외 가는 길, 집에 오는 길 모두 안 풀렸던 수학문제를 들고 다니며 머리로 풀었다. 신기하게도 그렇게 안 풀리던 문제도 길에서, 버스에서는 수도 없이 무릎을 치며 풀이법이 생각이 났다. 길에서는 모든 문제가 100퍼센트 풀리곤 했다. 또 신기하게도 꿈에서도 수학문제를 만들어서 푸는 것이 아닌가. 꿈을 꾸고 나면 대부분 기억이 나지 않지만, 가끔은 무슨 문제를 풀었는지 기억이 났다. 그럴 때면 자면서도 공부를 했다는 생각에 뿌듯했다. 그랬던 것이 꽤 여러 번이었다.

그러던 어느 날 풀리지 않는 한 수학 문제를 머릿속으로 풀면서 입을 중얼중얼 거리면서 집에 걸어가고 있었다. 문제가 풀리며 '아아! 이렇게 풀면 되네!!!'하고 혼자 감격하고 있는데, 그 순간 같은 과 동기를 마주쳤다. 그는 나를 정말 미친 사람 보는 듯한 눈빛으로 쳐다보았다. 좀 창피했지만 그런 건 중요하지 않았다. 나는 정말 미쳐 있었으니까.

잠시라도 공부에서 벗어나는 것이 두려웠다. 궁극적으로는 대학을 잘 가고 싶어서 하는 일이었지만 한편으로는 대학을 잘 가고 싶어서가 아니었다. 정말 그랬다. 나는 단지 또 다시 그가 생각나서 슬프고 방황하게 될까 두려웠다. 그렇게 공부에서 아예 벗어나지 않기로 하자 내 머릿속은 아주 단순해졌다. 오로지 지금 눈앞에 있는 문제 하나를 어떻게 풀 것인지에 대한 생각만 남은 것이다. 그렇게 미친 듯이 두 달을 살았다.

나는 이제 나를 한 발짝 떨어져서 바라보지 않았다. 더 이상 여긴 어디고 나는 누구인지 그리고 나는 몇 등급짜리 인지도 중요하지 않았다. 나는 그냥 수학공부에 한을 품고 수학만 생각했다. 그렇게 2달을 살아내자, 거의 모든 어려운 문제가 금방 해결할 수 있게 되었고 문제를 보는 시각이 크게 달라져 있음을 느낄 수 있었다. 그리고 그 과정이 너무 너무 재미있었다. 가장 앞길을 가로막았던 수학이 이제 나의 가장 좋아하는 과목이 되어버린 것이다. 이제는 이과 모의고사를 풀어도 1-2등급이 나올 정도로 수학 실력이 크게 업그레이드 되었다.

그리고 나는 깨달았다. 수학 공부는 이렇게 하는 것이라는 걸. 타고난 수학 천재가 아니라면 이렇게 해야 성과가 난다는 것을, 수학을 사랑해야 한다는 것을 말이다. 수학뿐만 아니라 무슨 일이든 그렇지 않겠는가. 고작 나 정도의 두뇌를 가지고 열심히 하는 것으로는 부족했다. 즐기는 것으로도 부족했다. 미친 사람이 되어야 했다. 자고 일어나자마자 수학문제 한 문제를 외우고 머리로 문제를 풀면서 샤워를 할 정도니 누가 보면 미쳤다고 할만한 일이었으니까. 그러나 나는 후천적으로 이 어려운 수학을 극복하지 않으면 안되는 평범한 머리를 가졌기 때문에, 이런 시간을 거친 후에야 비로소 유의미한 성과로 보상받을 수 있었다.

나중에 대학에서, 또 대학을 졸업하고 나서 여러 사람들을 만나면서 알게 된 사실 또한 그렇다. 성과를 내는 이들은 절대 복잡하지 않다. 그들은 순수하고 단순하다. 그저 눈앞에 문제에 집중한다. '유레카!'를 외치며 문제가 풀릴 때까지 말이다.

늦었을지도 모른다는

　한 권의 책을 만나서 인생이 완전히 바뀌는 경우가 있다. 나는 이때 그런 책을 만났다. 사실 다시 미친 듯이 공부할 수 있었던 것은 한 책과의 인연 때문이었다. 공부를 다시 해볼까, 하고 마음이 동하던 무렵, 과외를 가기 전에 잠시 반월당에 있는 영풍문고에 들렀다가 한 책을 집어 들게 된 것이다.

　'나는 내일을 기다리지 않는다'라는 발레리나 강수진의 자전적 에세이. 유명한 인물이라서 물론 알고는 있었지만 그렇게 많은 관심을 가졌던 것은 아니었는데, 왠지 그 책에 끌려서 구매를 했고, 그 다음부터 나는 그 책을 어디에 가든 가지고 다니게 되었다. 나를 다시 움직이게 만든 것은 강수진의 유명한발 사진이나 그녀의 피나는 노력이나 단순히 그런 것들 때문만이 아니었다. 나를 움직이게 만든 것은 그녀가 남들보다 늦게 발레를 시작했고, 데뷔 후 무려 10년이나 극단에서 주연이 아닌 조연으로 '밑바닥 생활'을 했다는 사실 때문이었다. 그것도 침대와 책상 하나가 딸린, 볕도 잘 들지 않는 지하방에서 오랜 시간을, 들러리로 여겨지는 군무 생활을 했다고 했다. 그러면서도 그녀는 이렇게 이야기한다.

'그런 곳에서 생활하며 오랜 시간을 무대의 들러리로 여겨지는 군무 생활을 한다는 것이 쉬운 일은 아니었다. 무대에서도, 삶에서도 나는 그저 들러리인 것만 같았다. 하지만 나는 생각을 바꿔 먹기로 했다. . 군무 역할은 언론의 관심과 스포트라이트를 받는 시간이 주역과 비교할 수 없을 정도이지만 공연의 성공에 기여하는 한 축이라는 측면에서는 주역과 진배없는 중요한 존재라고 생각했다. 그런 생각으로 임했기에 그 낮은 배역에 10년을 머물면서도 난 매번 주역으로 무대에 오르는 것처럼 최선을 다할 수 있었다.'

'지각은 1등이 조금 늦게 되는 것일 뿐 실패하는 것이 아니다. 하지만 지각의 유혹에 빠져 "나는 이미 늦었어." 라고 생각하며 시도조차 하지 않는다면 그때 비로소 그 인생은 실패의 문턱에 다다르게 된다.'

'앞으로도 나는 늦게 가는 것에 조바심 내지 않을 것이다. 조금 더 열심히 걸어갈 것이다. 앞으로도 나는 낮은 자리에 머무름을 비천해 하지 않을 것이다. 내가 더 올라갈 곳이 있음을 기쁘게 받아들일 것이다.'

그러고 보니 내가 대학입시에 두 번이나 실패하는 동안 남들은 2학년, 3학년이 되어가는데, 내 인생은 이미 늦어 버린 것은 아닐까 하는 생각은 나를 가장 괴롭게 했었다. 내 또래들은 이미 '꽃 같은' 20대가 시작되어 인생다운 항 해를 시작했는데, 아직 수험생활의 늪에서 발조차 떼지 못 하고 있는 것이 사실 부끄러웠다. 그렇게 늦는 것이 두려 워서 섣불리 다시 시작을 못하고 있었던 것이다. 그런 내 게 그녀의 말은 큰 충격으로 다가왔다. '늦게 가는 것에 조 바심 내지 않고', '낮은 자리에 머무름을 비천해하지 않을 것'이라니. 그녀는 그때 나의 근본적인 문제를 적나라하게 짚어주었고, 나는 펀치를 한 대 맞고 정신이 드는 기분이었 다. 그렇게 그 구절들을 읽으며 나는 한참을 정지할 수밖 에 없었다.

그녀는 한 번도 성공하기 위해 발레를 한 적이 없다고 했 다. 그저 오늘 하루를 뜨겁게 살아내는 것만이 목표라고 했다. 그녀는 계속 '하루'라는 표현을 반복했다. 그렇게 그 하루들이 쌓여서 오늘날의 강수진이 탄생한 것이었다.

사실 빨리 가야 한다는 마음, 반드시 성공해야 한다는 조급함이 얼마나 많은 것을 놓치게 하고, 또 실은 얼마나 많은 것들을 늦춰버리는가. 늦더라도 내 길을 가면 된다는 것, 성공하려고 하지 말고 하루만 살면 된다는 것. 나는 그녀의 말에 이루 말할 수 없는 엄청난 위로를 받았다. 한없이 스스로를 비천해하고, 인생에 조바심만 내고 있던 나였지만, 곧 아무 두려움 없이 공부를 다시 시작할 수 있었다. 나는 멀리 보기로 했다. 그래, 올해가 아니어도 좋다. 내 인생 좀 더 늦어져도 좋다. 이제 나는 누가 뭐라 해도 나의 길을 가겠노라고 다짐했다.

"세상에서 가장 슬픈 일은

남의 인생을 대신 사는 일이다.

내가 아닌 다른 사람이 되어

성공하는 것보다는

내 모습 그대로 살면서 시련을 겪는 게 낫다.

…

나는 비록 비정상적인 발을 가지고 있지만 행복하다.

때로 행복한 마음을 주체할 수 없어 눈물이 흐른다.

내 인생을 살고 있기 때문이다."

-강수진-

멘탈 조종자

그렇게 내가 공부를 시작하고 제일 먼저 바꾼 것이 있다면 바로 '듣는 음악'이었다. 나는 그 전까지 우울한 노래나 이별에 관한 노래를 주로 들었었다. 그러나 더 이상 내 감성을 그렇게 만들고 싶지 않았다. 그런 노래를 잘못 들었다가는 또 닭똥같은 눈물이 후두둑 떨어질 것만 같았기 때문이다. 그러면 이제까지 추스린 마음이 또 무너지고 말 것이다. 내 마음은 이제 막 수술을 끝내고 수술 부위를 꼬매둔 상태였으니, 덧나지 않게 기다려주고 잘 관리해주는 것이 필요했다.

나는 최대한 밝은 음악이나, 가벼운 음악이나 차라리 가사가 없는 클래식을 듣기 시작했다. 이전에는 들어보지 못했던 음악들이었다. 그중에 기억에 남는 하나는 박혜경의

'레몬트리'라는 노래였다. 상큼한 목소리로 '또 아침이 오는 소리에 난 놀란 듯이 바빠져야 하겠죠♬'로 시작 해서 '새롭게, 더 예쁘게 나의 맘을 상큼하게 할거야~♬'하는 후렴구를 가진 그 노래. 왜 갑자기 그 오래된 노래가 생각이 났는지 모르겠지만 나는 대구에서 그 노래를 한참 동안 듣고 다녔다. 신기한 것은 사람은 듣는 음악에 따라 많이 바뀐다는 사실이다. 정말로 그렇다. 눈뜨기 겁날 정도로 계속 반복해 시작되는 날일지라도 갑자기 레몬트리를 틀면 하루의 분위기가 전환되곤 했다. 나는 아침마다 '더 새롭게, 더 예쁘게 나의 맘을 상큼하게 할거야'라는 가삿말을 중얼거리면서 나갈 준비를 했다. 그리고 이 때부터 나는 많이 밝아지기 시작했다. 분위기를 전환시키려는 나의 노력은 음악 뿐만이 아니었다. 잘 지내다가도 불쑥 힘 빠지는 생각이 들 때면 당장 암기 노트를 펼쳐서 갑자기 뭘 외우거나, 아니면 바로 핸드폰을 켜고 웃긴 웹툰을 틀었다. 내 정신이 조금도 '마이너스'적인 것들에 주목하지 않도록 만전을 기했다. 그렇게라도 하지 않으면 내가 다시 무너져버릴 것 같아서였다. 신기하게도 그런 행동의 효과는 100% 있었다. 어둡고, 깊고, 무겁기만 했던 내 마음이 어딘가 모르게 조금씩 가볍고 또 유쾌해졌다. 어쩌면 마음이라고 하는 것은, 내가 연출하고 조종하기 나름일지도 모른다.

도전을 시작하는 이들에게 하고 싶은 조언

치열하게 쉬어볼 것

그 무렵 내 책상 앞에 붙어있었던 글귀는 이것이었다.

공부만이 나의 친구이다.
공부만이 나를 위로해줄 수 있다.

이것은 진심이었다. 그리고 나는 이런 마음가짐으로 하는 게 진짜 공부라는 것을 깨달았다. 그래서 만일 무언가시험 준비를 할지 고민하는 사람이 있다면 본격적으로 시작하기 전에 '치열하게 쉬어보라'는 말을 해주고 싶다. 그냥 누워서 게임만 하며 쉬라는 게 아니다. 잠시 공부를 놓고 쉬는 게 쉬는 것이 아닐 만큼 고통스럽게 고민해보라는 것이다. 나는 그렇게 아주 아주 고통스럽게 쉬었던 기간이 있었기에, '폭주기관차'가 될 수 있었다.

　보통 재수를 해서 그 전해보다 완벽하게 성공하는 확률은 10퍼센트도 안된다고 한다. 그러니 반수는 더할 것이다. 실제로 반수생 대부분이 많은 시간과 돈과 학점을 낭비하고, 원래 다니던 대학으로 눈물을 머금고 돌아간다. 나도 그렇게 열심히 했는데도 3년이나 공부해서 타지에 있는 교대를 겨우 들어갈 수 있었다. 아마 머리가 더 좋았다면 그렇게 돌아가지 않았을 수도 있다. 하지만 내 머리는 그렇게 좋지 않았고, 공부 방법도 잘못 선택했고, 운도 별로 없었기 때문에 나는 돌아가야 했다. 아주 다행히도 나는 만족할 만큼의 성과를 가지고 돌아갔다. 그렇다. 이렇게라도 되면 다행일 것이다. 그러나 이 세상에는 긴 시간 끝에 어떤 성과도 돌려받지 못하고 빈손으로 시험을 마무리하는 사람들이 더 많음을 나는 잘 알고 있다. 이것이 어디 수능뿐만인가? 지금 우리나라에는 '고시 낭인'처럼 되어버린 이들이 정말 많다. 한 지인의 형은 서울대 법대를 나와서 10년 동안 사법고시만 공부했는데, 결국 사법고시가 폐지될 때까지 통과하지 못했다. 누군가는 임용고시 때문에 5년을, 또 다른 친구는 회계사 시험을 준비하다가 2년을 보내고 아까운 점수를 뒤로하고 포기했다. 공무원 시험도 몇 년씩 공부하는 사람이 너무도 많지 않은가? 수능도 그러한데 이렇게 직업이 걸려있고 인생의 큰 부분이 걸려 있는 시험들은 결코 자리를 쉽게 내어주지 않는다. 왠지 턱턱 잘만 붙는 것 같은 주변인들, 또 소수의 엘리트들을 보고 준비할 것이 아니다. 정말로 잘 생각해 보아야 한다. 공부가 쉬운지 다른 길이 쉬운지. 그리고 정말 이것 아니면 안 되겠다는, 정말로 해보고 싶다는 내면의 소리가 들릴 때, 그때 시작해야 한다. 그랬을 때 모든 것이 단순해지고 공부가 일사천리로 진행될 것이다.

누구는 심지어 8년을 준비해도 안 되고 누구는 한 번에 붙는 것을 보면, 시험을 준비한다는 것은 무조건 좀 더 많은 기간을 공부하는 것이 유리한 것이 아닌 것 같다. **어떤 에너지를 가지고 공부를 대했는지가 중요하다.** 도피하고 싶은 공부가 아니라 도피처로서의 공부, 차라리 공부가 가장 쉽겠어요, 이 말이 나올 때 비로소 기적이 일어나는 것이 아닐까?

만일 공부를 하고 있기는 한데 딱히 잘할 자신감도 없고, 그렇다고 안 할 수도 없어서 하고 있다면 이것을 진지하게 생각해보라고 말하고 싶다. 그래서 공부를 할 것인가, 말 것인가. 이 결정만 확실하게 해도 큰 전환점이 될 것이다. 세상에는 공부 말고도 다른 길이 얼마든지 있을 수 있다. 공부로 성공하여 입시와 취업에 합격하는 일 외에 더 큰돈을 벌 수 있는 일도 많고 훨씬 즐거운 일도 많을 것이다. 자신이 더 잘하고 좋아하는 일, 자신의 내면에서 진정으로 원하는 다른 일이 얼마든지 있을 것이다. 잠시 멈추고 이 공부 외에 자신이 할 수 있는 모든 길을 탐색해보길 바란다. 다른 대학에 들어간다면 진로가 어떻게 될지도 생각해보고, 전공이 맞지 않으면 전과나 복수전공도 알아보고, 유학도 고민해보고, 더 합격하기 쉬운 다른 시험을 통한 진로도 생각해보는 것이다. 선배들은 어떻게 진로를 나아가고 있는지 살펴볼 수도 있겠다. 제대로 시작하기 위해서는 그렇게 여러 길을 탐색하며 '치열하게' 쉬어보는 과정이 필요하다. 그 과정에서 노는 문화에 빠지거나 해이해지면 어떡하냐고? 그런 걱정은 하지 않아도 된다. 그런 사람은 애초에 공부를 원하지 않는 사람이니까. 공부를 진정으로 원하는 사람은, 그런 것이 하나도 마음속에 즐거움을 주지 못한다는 걸 뼈저리게 느끼게 될 것이다. 자신이 원하는 그룹이 아니기 때문이다.

정말 이 시험밖에 없는 건지, 자기 인생을 놓고 치열하게 고민한 후, 만일 새로운 자신의 길을 찾으면 굳이 수험생이 되지 않고 그 길로 나아가면 된다. 굳이 성공 가능성 희박한 길을 선택하지 않는 것이 인생에서 훨씬 이득이 될 수 있으니 말이다. 하지만 그 모든 가능성을 진지하게 생각해 보아도 나에게는 이 시험을 다시 보는 수밖엔 없겠구나, 이렇게 고민하며 고통스럽게 쉬느니 차라리 공부하는 게 행복하겠구나 싶다면, 그 때 공부를 시작하면 된다. 아니, 성공하는 공부는 그렇게 시작해야 한다.

여름

나는 나대로 잘 흘려 보내주고 있었다.

이렇게 시간이 흐르자,

시험날 급식에 나온 미역볶음에도

화들짝 놀라던 예전의 나는

점점 다른 사람이 되어가고 있었다.

아웃사이더

대학 생활을 하면서 새로운 대학을 준비하는 반수 생활은 어쩌면 참으로 이상한 정체성을 갖는 행동이 아닐 수 없었다. 그래서 반수 공부를 시작하면서 무엇보다 한 가지 마음에 걸리는 것이 바로 '남들이 나를 어떻게 볼까?' 하는 문제였다. 이 문제는 많은 반수생들이 하는 고민인데 게다가 나는 한 학번에 27명 정도로 소수로 구성된 학과에 다녔다. 그렇기에 인간관계가 많이 신경 쓰였던 것이 사실이다. 만약 내가 3월부터 반수를 하기로 했었다면 처음부터 아마 완전한 '아웃사이더'가 되는 것을 선택했을 것이다. 하지만 나는 이미 엠티도 다녀왔고, 술자리도 참석했고, 평범하게 재수해서 들어온 학생인 양 3월을 다녔기에, 친한 친구는 없어도 아는 얼굴이 많이 있었다. 행사에 참여하라는 문자들을 받으면서, 이런 상황에서 반수를 해도 되나 하는 걱정을 많이 했었다. 하지만 곧, 그것은 아무 쓸모없는 걱정이라는 것을 깨달았다. 그 이유는 다음과 같았다.

첫째, 수능을 다시 보는 것은 온전히 내 문제다.
둘째, 남들도 이해해줄 수 있다.
셋째, 그들은 나에게 그렇게까지 관심이 많지 않다.

공부하는 학생이나, 아니면 퇴사를 준비하는 분들이 내게 "그렇게 하는데 남들의 시선이 두렵지 않았나요?"라고 질문하면 나는 꼭 그렇게 답해준다. 나한테는 큰일이지만 남들한테는 대수롭지 않은 일이더라고 말이다. 이건 내가 성공을 하든 실패를 하든 마찬가지다. 사실 모두는 자기 자신이 제일 중요하고 자기의 삶을 사는 것만 해도 바쁘니까. 또한 어떤 누구라도 내 삶에 간섭할 권리가 없다. 그렇기에 사실, 성과가 나기 전에는 굳이 알릴 필요도 없다. 다음 세상을 위한 모든 준비에는 잠시 조용히 실력을 기르는 기간이 필요하다.

나는 무휴학 독학, 부모님 몰래하는 반수생이었다. 기본적으로 실패할 확률이 더 높다는 것을 나도 알고 있었다.

그래서 꼭 성공해야 한다는 집착을 버리기로 했고, 모든 것을 자연스럽게 치루고자 했다. 정말로 마음을 비웠다. 그래서 5월까지는 몇몇 학과행사도 참여했다. 이때까진 동기들한테도 말을 하지 않을 생각이었기 때문이다.

5월에는 체육대회와 경북대 축제가 열렸다. 신입생이 빠지기에는 눈치가 보였다. 축제 때는 1학년이 주막을 해야 하는데, 사람은 적고, 장보기에, 요리에, 서빙에 일은 많은데 내가 빠지면 동기들한테 피해가 될 것 같아서였다. 그리고 한편으로는 축제에 대한 기대감이 생기는 것도 부정할 수 없었다. 내가 대학 축제에서 주막을 한다니! '대학 축제'와 '주막'은 모든 재수생의 로망 아닌가? 재미있을 것 같았고 기왕 참여하는 거 즐겁게 참여하고자 했다. 그리고 실제로 정말 즐거웠다. 먼저 주막에서 일하는 1학년은 머리띠를 해야 한다길래 동기들과 같이 근처 문구점에서 머리띠를 사서 머리에 꽂았다. 주막에서 전을 부치고, 서빙을 하고, 잘 모르던 선배들과도 이야기도 나눴다. 축제는 3일이었는데, 2일은 저녁 쯤에 퇴근했고, 3일째는 같이 밤을 샜다. 주막을 마치고 밤새 정리를 하는데 대학 운동장 너머로 동이 트고 있었다.

나는 공부에 미쳐있다고 했었다. 그런데 어떻게 그런 행사에 참여할 수 있었을까? 사실 공부를 별로 하지 않은 걸까? 생각해보면 정말 미쳐있었던 게 맞는 것 같다. 나는 축제 3일 동안 주막이 시작되는 저녁 전까지 집에서 엄청나게 집중해서 수학문제를 풀었다. 하루 목표 공부시간인 4시간 반을 채웠다. 그리고 밤을 새서 일하지 않아도 되었던 처음 이틀은, 저녁 때 집으로 돌아와서 두 시간을 더 공부했다. 축제를 정리하던 마지막 날, 그렇게 동이 트고 있는데 '밤을 새 버렸다, 공부해야 하는데 어떡하지?'라고 생각하지 않았다. 친구들과 즐겁게 남은 맥주와 안주를 나눠 가지고 집에 돌아와서 한숨을 잤다. 그리고 정말 태연하게, 일어나자마자 공부를 했다. 수능을 정상적으로 준비하는 남들보다 많은 시간을 공부하지 못한 것은 사실이다. 하지만 나는 그저 나의 '귀여운 목표량'을 다 채웠다. 내 공부에는 아무 지장이 없었다.

'놀면서 공부할 수 있어요'라고 하고 싶은 게 아니다. 당연히 수험생인데 놀지 않고 더 공부하는 것이 더 좋을 것이다. 그러나 그저 사실 마음만 먹으면, 아니 마음을 내려놓으면 피할 수 없는 어떤 일이 생겨도 모든 것을 태연하게 밀고 갈 수 있다는 이야기다. 나는 어차피 작년처럼 '정상적인 수험생활'은 할 수 없는 처지다. 그리고 모든 건 내가 저지른 일이었다. '그러면 망할지도 모르잖아' 혹은 '이번엔 꼭 잘 되어야만 하는데' 같은 집착은 이미 머릿속에서 지운 지 오래였다. 공부하는 와중에 다른 일들이 생길 때 나는 이제 전혀 곤란해하지 않았다. 내 삶에 참여해야 하는 모든 것을 태연하게 즐기기로 했다.

그렇게 1학기가 거의 지나가고 그 이후 나는 어느 정도 친분이 쌓인(많이 친해지지는 못했지만) 친구들한테 수능을 한 번 더 보기로 했다고 '커밍아웃'했다. 실패하든 성공하든, 어차피 나는 대학 강의실에서 수능 기출문제집을 풀어야 하고, 모든 행사와 술자리에 참여할 수는 없으니 말이다. 남들 눈치 볼 때가 아니라고 생각했다. 내 이야기가 과 전체에 이야기가 퍼졌지만, 다들 '그렇구나' 하고 이해해 주었다. 역시 사실 그들은 나에게 별 관심이 없는데, 대수롭지 않게 이해해 줄 수 있는 일인데 괜히 걱정했다는 생각이 들었다. 그 이후 행사에 참여하지 않아도 별 눈치가 보이지 않았다.

풋풋한 봄을 지나 대구의 뜨거운 여름이 다가오고, 1학기가 무르익어가고 있었다. 나는 더 이상 버스 커튼 뒤에서 우는 여자애가 아니었다. 인사이더도 아웃사이더도 아니었다. 행복한 반수생이었다.

그렇다고 공부만
할 수도 없을때

1년 정도, 아무도 모르게 나만의 도전을 진행해야 하는데 그 일만 할 수는 없을 때 어떻게 대처해야 할까. 각자 가진 사정이 있겠지만 나의 경우 대학생활을 하면서 (이전 교육과정에서 완전히 개정된 내용의) 수능 공부를 해야 했다. 다소 억울하지만 대학에 왔으니 대학 공부를 해야하는 것도, 교육부에서 교육과정을 개정한 것도 내가 어떻게 바꿀 수 없는 상황이지 않은가? 이제 내겐 모든 상황을 받아들이고 대처하는 것밖에는 도리가 없었다. 그리고 나는 정말로 내 상황을 적극적으로 이용하면서 여러 가지 요령을 부렸다.

보통 반수생들은 1학기를 대충 다녀놓고 여름방학부터 대형학원의 반수반에서 시작하여, 2학기를 휴학하고 공부하는 방식을 많이 선택한다. 하지만 나는 '무휴학 독학 반수생'이었다. 정말이지 리스크가 큰 선택이었다. 게다가 부모님께 반수한다는 사실을 말씀드리지 않았다. 부모님께 말하면 꼭 성공해야할 것 같았기 때문이다. 이번에는 절대 스스로 성공에 대한 부담을 갖고 싶시 않았다. 또 먼 길을 돌아서라도 꼭 성공하는 모습을 보여드리고 싶었기에, 또한 혹시나 세 번 실패하는 모습은 절대 보여드리고 싶지 않았기에 더욱 비밀로 공부하고 싶었다. 그리고 정말로 부모님은 내가 교대를 붙을 때까지 내가 대구에서 수능 공부를 하는 것을 전혀 모르셨다.

무휴학, 즉 나는 대학교 공부도 해야만 했다. 나는 반수 기간 동안 1학기 중간고사, 기말고사 그리고 2학기 중간고사까지 세 번의 시험을 모두 치렀고, 영어 연극과 총 4번의 ppt발표가 있었다. 그리고 F학점을 피하기 위해 매번 출석도 해야 했다. 그런데 나는 반수를 하면서 대학교를 다니는 것이 버거운 적이 한 번도 없었다. 그 이유는 '나대로' 너무나 잘 요령을 피웠기 때문이다.

나홀로 수강 신청

그 중 첫 번째는 먼저 수강신청에 관한 부분이었다. 보통 대학교 1학년은 전공이 아니고 교양과목으로 채워진다. 그렇기 때문에 내가 부담을 덜 느낄 과목으로 얼마든지 선택이 가능했다. 나는 수강신청을 하기 전에 나대로 이런 기준을 세워보았다.

1. 오전에 공부를 하고 점심 먹고 나갈 수 있는 시간에 잡혀있는 과목
2. 어정쩡한 공강이 없어야 함.
3. 전문적인 학문 지식이 중요한 과목이 아니라 '교양'적인 과목
   (지식보다는 나의 생각을 서술하는 것의 비중이 클 것 같은 과목)

보통 대학생들은 수강신청기간에 원하는 좋은 과목을 차지하기 위해 PC방에서 대기를 타며 1초라도 먼저 접속하기 위해 애를 쓴다. 그래서 보통 인기가 좋은 흥미로운 이름의 과목들, 스포츠, 인기가 좋은 교수님 등의 수업들은 눈 깜짝할 사이에 수강신청이 끝난다. 하지만 나는 저 세 가지가 전부였다.

일단 나는 오전에 공부가 잘 되고 점심을 먹고 풀어지기 때문에 오전시간을 비우려고 노력했다. 수강신청 기간에는 전혀 조급해하지 않고 널널하게 '비인기과목' 중에서 신청했다. 폐강되지 않을 만한 과목들 중에서 주로 인문학

과목을 선택했다. 철학이나 문화인류학, 인문 글쓰기 등이 내가 선택한 과목이었다. 나에겐 대학교 공부까지 완전하게 공부할 시간이 없었기 때문에 시험 때 어느정도 말주변으로 해결할 수 있을 것 같은 과목을 골랐다. 하지만 내가 들어간 과의 특성상 대학 수학을 꼭 들어야했는데, 운이 좋게도 1학기는 수능 이과수학으로 매우 많이 커버가 되었다. 그래서 정말 하나도 공부를 안했는데 꽤 많은 문제를 풀 수 있었고 몇 번의 결석에도 B+를 받을 수 있었다. (하지만 2학기에 들었던 수학은 정말 하나도 이해할 수 없어서 결국 F를 받았다.)

또 개강을 하고 1주일 동안 수강신청 정정 기간에는 출석체크가 정식으로 이루어지지 않는다는 점도 활용했다. 수업을 들어보고 변경하고 싶으면 변경하라는 취지에서 그러한 것이지만 나는 그 1주일간 학교를 나가지 않고 수능공부에 집중했다. 반수를 하는 나에겐 그 과목이 무슨 과목인지 전혀 중요하지 않았다. 나에겐 방학이 일주일 더 주어진 것이라 생각하고 감사하게 공부했다. 그리고 그 다음 주부터 배짱 있게 편안한 마음으로 학교를 나갔다.

누가 뭐라고 하든 내 공부하기

두 번째로, 교수님께는 죄송한 일이지만 나에게는 중요한 요령이 있었다. 나는 몇몇 과목에서 수업시간에 정말로 열심히 수능공부를 했다. 대학에 오니 놀랐던 것이 정말 생각보다 분위기가 자유롭다는 것이었다. 거의 대부분의 강의에서 교수님은 학생이 다른 짓을 해도 신경을 안 쓰셨다. 반수에 임하기 전까지는 나름대로 열심히 수업을 들었지만, 수능 공부를 시작한 후로는 맨 뒤에 앉아 정말로 열심히 기출문제를 풀었다. 특히 내가 반수를 하지 않더라도 수업이 정말 귀에 안 들어올 것 같은 분위기의 수업, 학생들에게 무심하신 교수님의 수업, 수업을 들어도 모르겠고 어떻게든 중간 기말고사에서 혼자 해치워야겠다는 생각이 드는 수업에서 주로 이런 방법을 썼다. 친구들이 보든 말든 상관하지 않고 조금이라도 내 하루를 공부로 채우기 위해 노력했다. 그런 수업을 듣는 날은 대학을 다니면서도 수능 공부를 하는데 아무 지장이 생기지 않았고, 점심 먹고 풀어질 때쯤에 잠시 공간이동을 해서 오히려 더 열심히 공부하게 되는 시간이기도 했다.

하지만 이 요령은 교수님의 성향과 수업 방식을 잘 봐가면서 피워야 했다. 나는 온전히 참여를 요구하는 몇몇 수업에서는 절대 수능 생각을 하지 않고 적극적으로 수업에 집중했다. '차라리 수업시간에 이 과목 학점을 커버하자'는 마음으로 열심히 임했다. 수능 공부를 할 수 없었지만 그

시간이 전혀 아깝지 않았고 오히려 잠시 리프레시한다고
생각하니 즐거웠다.

앞장 서 버리기

그리고 다음 문제가 있었는데 바로 '조별 과제'에 관한 것
이었다. 조별과제는 내가 참여하지 않으면 다른 이들에게
피해가 가는 것이 아닌가. 게다가 인간관계도 얽힐 수 있
는 문제였다. 나는 이 문제를 피할 수 없다고 판단했고 차
라리 '적극성'을 통해 해결하려고 했다. 즉 나는 반수를 하
면서 한 번도 조별과제에 무임승차하거나, 내 역할을 제대
로 하지 않은 적이 없다. 반수생인 것을 밝히며 양해를 구
한 적도 없다. 나의 요령은 역설적이게도 '내가 주도하는
것'이었다. 일단 나는 조가 구성되고 나면 그 수업시간이
끝난 뒤 바로 조모임을 가져서 적극적으로 조원들을 이끌
었다. 물론 나의 목표는 좋은 발표를 준비하는 것은 아니었
다. 최대한 깔끔하게, 다시 조모임을 할 필요가 없게 역할
을 분배하는 것이었다.

"이러한 주제가 어떨까요?"

"이렇게 하면 재미있을 것 같지 않나요?"

먼저 조원들과 상의해서 주제와 컨셉을 잡는 과정에서도
나는 적극적으로 의견을 내서 주도했다. 조모임의 주요 임

무는 주제를 잡고 주제가 정해지면 역할 분배를 하는 것이다. '6명 중 2명은 자료 수집을 하고 2명을 대본을 짜고 1명은 ppt를 만들고 1명은 발표를 합시다.' 혹은 '2명씩 소주제를 선택해서 따로 ppt를 만들고 나중에 합쳐서 소주제별로 발표를 합시다.' 하는 방식으로 이끌었다. 다시 조모임 할 필요가 없게끔 구성과 역할 분배를 내가 이끌었고, 최대한 그 자리에서 마감 기한까지 상의해서 끝내버리도록 노력했다. 비록 수업도 잘 안 듣는 아웃사이더 같은 인물이었지만, 조모임에 대해서는 이 방법밖에 없었다. 조모임 과제가 생길 때마다 갑자기 내게서 전에 없던 적극성이 튀어나오는 것은 나도 놀랄 일이었다.

이렇게 역할 분배를 깔끔히 하는 것 이후에는 당연히 나의 역할도 n분의 1이 되어 주어지는데, 여기에 대해서도 대충 임할 수 없었다. 수능 공부를 해야하는 상황에 주어지는 조과제가 반갑지는 않았지만, 그렇다고 안할 수 없었다. 아주 고퀄리티로 만들 수는 없어도 조원들에게 폐가 되지 않을 정도는 해내야 했다. 주로 수능 공부가 끝나고 잠들기 전에, 혹은 수능 공부가 하기 싫을 때 했는데, 늘 '자, 지금부터 30분 내로 끝내버리겠다!' 하는 추진력으로 했던 것 같다. 사실 그러면 보통 30분~1시간 내로 대부분 생각보다 간단히 처리할 수 있었고 무언가 내 할 일을 잘

했다는 뿌듯한 마음은 다시 내 공부를 하러 앉았을 때도 분명 긍정적인 영향을 주었다.

그러나 한번은 이런 적도 있었다. 2학기에 듣던 국어과목이었는데, 수능을 약 한 달 정도 앞두고 있었을 때였다. 교수님은 '이상화 시인은 저항 시인인가, 낭만 시인인가'를 주제로 두 팀을 나누셨다. 나는 '저항시인'팀으로 배정되었고, 자료 수집과 발표를 맡았다. 그런데 생각보다 할 게 많았다. 자료 수집은 금방 했지만 15분 이상 발표를 해야 했기 때문에 발표 대본을 짜고 연습하는데 꽤 준비가 필요했다. 남들 앞에 서는 발표를 맡았기 때문에 더 잘해야 된다는 마음이 들었다. 나는 한 일주일 동안 밤마다 틈을 내어 ppt를 보며 발표를 연습했고, 발표 전에 조원들과 강의실에 모여 발표를 리허설을 하기도 했다. 조원들은 잘한다며 용기를 북돋아 주었다. 그런데 발표 당일, 교수님께서는 이번 주제는 '낭만 시인' 팀만 발표를 하라고 하셨다. 준비는 다 해오고 두 팀 중에 한 팀만 발표를 하는 방식이었던 것이다. 그동안 내가 준비해 온 것이 물거품이 되는 것 같았다. 물론 발표를 한다고 해서 나에게 이득이 될 것도, 안 한다고 해서 불이익이 되는 것도 아니었지만 왠지 허탈했다. '수능을 한 달 남기고 준비한 건데...' 하고 왠지 억울한 마음이 들었다.

이렇게 조모임 발표는 최선을 다해 준비했지만, 개인적으로 준비해야 하는 것은 빠지기도 했다. 수능이 일주일 남았을 때는 개인 ppt발표를 해야 하는 수업이 있었다. 다행히 조별 발표는 아니어서 준비하지 않고 그냥 내 발표 차례에 수업을 빠졌다. 나는 어떤 판단과 행동에도 과감해야 했다. 그 수업은 어떻게 보면 참 감사한 수업이었다. 철학적 사고에 관한 수업이었는데 중간고사가 특정 범위에 있는 내용이 아니었고 일반적인 내용인데 게다가 객관식이었다. 수능시험이 있는 2학기 수업이라 발표도 빠지고 몇 번을 결석했지만 F가 아닌 C+를 받아서 정말 감사(?)했다.

죽이 되는 밥이 되든 내 방식대로 하기

마지막으로 대학교의 중간고사, 기말고사에 관한 문제다. 사실 나처럼 어쩔 수 없이 무휴학을 반수를 해야 하는 이들은 F를 면하는 것이 목표이다. F를 면하려면 그 수업에 대해 어느정도 성의를 보여야 한다. 아무리 수능을 준비하는 중이라 해도 대학교 공부를 아예 안할 수는 없었다. 나는 시험이 다가오면 내가 듣는 과목을 두 가지로 분류했다. 공부를 안할 과목과 할 과목. 전자는 공부를 해도 크게 소용이 없을 것 같은 글쓰기 과목, 교양적이거나 나의 주장을 서술하는 것이 중요할 것 같은 내용의 과목들이었고,

후자는 무조건 지식을 암기해서 보아야 하는 과목들이었다. 공부를 하기로 정한 과목들에 대해서는 공부기간을 일주일 정도로 잡고, 마지막 수업에서 교수님이 짚어주신 내용들을 중심적으로 보는 것을 목표로 공부할 내용을 7등분 하였다. 그리고 주로 수능 공부를 끝내고 난 다음 잠자기 전 30분이나 점심 먹기 전 30분, 이런 식으로 그야말로 수능 공부 속에 작은 틈을 내어 준비하였다. 나의 스터디 플래너엔 대학 공부도 포함되어 있었다. 환경과목을 들을 때는 각종 살충제의 기능과 이름을 외우기도 했고, 언어 과목은 (수능에는 불필요한) 문학 작품 작가 외우기, 세세한 문법을 외웠고, 문화 인류학 수업에서는 여러 문화의 관습에 대해 외우기도 하였다. 수능이 가까워졌던 2학기에는 결석이 많이 생겨서 대부분의 과목에서 C+를 받았지만, 1학기 때는 이렇게 공부해서 여러 개의 B+와 A를 받아 교내의 작은 장학금도 받을 수 있었다. (이후 대학을 다시 들어가고서는 그런 일이 한 번도 없었지만 말이다.)

솔직히 말하면, 나는 대학교 공부를 즐겁게 했다. 수능 공부만 하다가 틈을 내어 대학교 공부를 하면 왠지 신선하게 느껴졌기 때문이다. 틈내서 공부하는 그 신선함이 내가 무언가 잘 살고 있고 하루를 알차게 보내는 것 같은 좋은 느낌을 주었던 것이다. 또 완벽하게 준비하는 것이 아니라,

그저 어느 정도 시험지에 적고 나오는 것이 늘 목표였기 때문에 어떠한 부담 없이 그냥 재미있게 공부할 수 있었다. 기대가 전혀 없어서 늘 결과도 기대 이상이었다.

쉽게 말해 나는 내 공부와 대학생활을 하면서 어떤 경우는 참여했고, 어떤 경우는 참여하지 않았다. 매번 나는 어떻게 해야 할지 선택해야 했다. 이 수업은 참여해야 한다, 이 수업은 뒤에 앉아 수능 공부를 하자, 이번 발표는 잘 준비 해야겠다, 이번엔 빠지자 등등. 사실 내가 말해주고 싶은 것은 어떤 때는 어떤 선택을 하라는 조언보다, 그 '배짱'에 관한 이야기다. 평소 나는 사소한 선택에도 신중을 기하는 편이고 남들은 결코 하지 않을만한 쓸데없는 고민도 많이 한다. 그리고 남의 시선도 많이 살피며 싫은 소리를 듣기도 두려워하는 소심한 성격이기도 하다. 하지만 당시의 나는 정말로 '미쳐'있었다. 내가 무슨 수업에 출석하는 것과 결석하는 것, 내가 뒤에 앉아 혼자 수능 공부를 하는 것에 대한 남의 시선이나 훗날 일어날 일에 대한 걱정은 전혀 하지 않았다. 그때 나는 그야말로 거침이 없었다.

내가 어떤 수업을 듣고 얼마만큼 참여했는지, 그 매번의 선택들이 모두 옳았다고는 할 수 없다. 조금 더 참여했으면 좀 더 나은 학점을 받았을 수도, 조금 덜 참여했으면 수능을 더 잘 봤을 수도 있는 일이다. 하지만 그저 나는 더 이상 방황하고 싶지 않았고 행동하고 싶었다. 그 수많은 선택 앞에서 나는 당황하지 않았고 불안해하지 않았다. 죄책감을 느끼지도 않았고, 고민을 오래 하지도 않았다. 그저 **결정했고 그저 행동했다.** 남들이 날 어떻게 생각하든지 난 이 상황을 내 방식대로 헤쳐나갈 권리가 있었다.

이 책의 원래 제목은
'1년 정도 어쩔 수 없을 때'였다.
'1년'이라는 시간은 내게 의미가 깊다.
그때도, 지금도 1년 단위로 내 삶이 성큼성큼
변화하고 있다고 느끼기 때문이다.

누구나 1년 정도 어쩔 수 없을 때가 있다.

그 1년만 미치면,

1년 정도만 '수치를 견디면'

다음 세상으로 갈 수 있는 일들이 많이 있다.

1년이라는 시간은 생각보다 많은 것을 바꿔놓는다.

공부하며 돈벌기

나름대로 독립적으로 자라왔다고 생각했는데, 사실 그 동안 부모님을 엄청나게 의식해왔던 것일까? 부모님 몰 래 수능을 보기로 하자, 정말로 마음의 부담이 반의 반으 로 줄어든 듯한 느낌이었다. '다시 실패하더라도, 가족들 이 모른다면...' 우습지만 이런 생각이 나를 꽤나 자유롭게 했다. 하지만 공짜는 없었다. 대신 그 만큼의 또 다른 부담 이 있었던 것이다. 바로 경제적인 부담이었다. 이제부터 나 는 한달 32만원의 방세, 인강비, 교재비, 그리고 수능 원서 비용과 시험을 치르러 서울에 다녀올 비용까지 당연히 내 가 번 돈으로 충당해야 했다.

20살 때까지만 해도 내 이름으로 된 통장 하나 없었던 나였다. 수능이 끝나고 두 달을 백화점에서 아르바이트를 했던 것이 내 노동 경력의 전부였다. 달라진 것이 있다면 이제 대학생 신분이니 과외로 돈을 벌 수 있게 되었다는 것이다. 수업으로 돈을 번다는 것은 나에게 아직 신기한 일이었다. 걱정보다는 설레는 마음으로 이번에는 모두 내 힘으로 해보기로 했다.

돈을 벌기 위해 3명의 고등학생을 가르쳤다. 한 명은 대구 수성구에 사는 고1 학생. 두 명은 그룹과외로, 고3 학생들이었다. 대구에서 경북대생이 과외를 구하는 것은 아주 어려운 일은 아니었다. 하지만 수업 경력이 없었기에 보통 과외보다 적은 수업료를 받으면서 급하게 과외를 구했다. 하지만 정말로 열심히 과외를 다녔던 것 같다. 정말 과외가 끊기면 안되니까. 거의 매일 왕복 2시간씩 사람들이 가득한 만원 버스를 타고, 지하철을 갈아타며 절박한 마음으로 과외를 다녔다. 대구에 있는 동안 과외를 한 번도 쉰 적이 없는데, 나는 이 과외가 반수하는 나에게 정말로 도움이 되었던 것 같다는 생각이 많이 든다.

일단 수학을 가르치면서 내 수학 실력이 늘었다. 나중에는 혼자서는 다른 과목을 공부하고 과외 자체를 내 수학 공부 시간으로 여길 수 있었다. 수능을 한 달 앞두고는 다른 부족한 과목들을 준비하느라 따로 수학 공부를 하지 않고 과외시간만 거의 이용하기도 했다. 그리고 두 번째는 공부하면서 필연적으로 닥치는 외로움이, 발랄한 고등학생들과 언니 동생이 되어 이야기를 나누고 많은 시간을 보내는 동안 정말로 많이 완화되는 것을 느꼈다는 것이다. 학생들은 모르지만 사실 같이 공부하고 있는 처지이니 더 그랬다. 아무리 혼자서는 정체불명의 반수생이너라도, 학생들 앞에서는 어엿한 선생님의 위치에서 지식을 가르쳐준다는 것이 왠지 모르게 많은 위로가 되었다.

"선생님은 왜 대학생이 이렇게 하고 다녀요? 좀 꾸미고 다녀요. ㅋㅋ "

본인들과 같이 수능장에 들어갈 사람이라는 것을 모르는 나의 제자들은 여대생인 나의 몰골(노메이크업, 안경, 질끈 묶은 머리와 후줄근한 옷차림)을 안타까워했다. 나보다 두 살 어린 이 친구들과 종종 대구의 명물인 마약빵과 납작 만두를 함께 먹으며 요즘 고딩들 이야기, 학교 선생님들 중에 누가 어떤 특이한 말투인지, 요즘 연예인들은 누가 있는지 떠들며 우리는 우정을 쌓아갔다. 동복을 입었던 학생들이 춘추복과 하복으로 갈아입고, 그리고 다시 춘추복과 동복을 꺼내 입을 때까지 그렇게 우린 1년을 함께했다. 나에겐 첫 제자인 이 친구들이 나는 정말로 고마웠다. 수능 전 마지막 수업에서 나는 타르트 케이크 한판을 사가지고 가서 그동안 고생했다고 우리들을 자축했다.

'사실 나도 너희와 함께 수능장에 간단다. 파이팅!!!'

나는 수능이 끝나고서야 이 친구들에게 거하게 한 턱 쏘며 사실은 내가 반수생이었다고 털어놓았다.

" 파이팅...! "

노동이 주는 소확행

　나에게는 노동으로 돈을 벌면서 생기는 힘이 분명히 있었다. 내가 돈을 번다는 것은 7평짜리 작은 방조차 새로운 시각으로 바라보게 했다. 생각해보면 오직 나를 위한 침대도 있고 책상도 있고, 싱크대도 있고, 세탁기도 있다는 것, 내가 내 살림살이를 마련할 수 있다는 것이 신기했다. 태어나 처음으로 마련한, 온전히 나를 위한 공간이 아닌가. 나는 이것들에 진심으로 감사했고, 내 힘으로 마련한 이 모든 것을 사랑하는 마음이 있었다. 그것은 내 또래의 연예인이 몇 억을 버는 지, 어떤 금수저 동기가 무엇을 누리고 사는지와는 상관없는 특별한 소중함이었다. 그리고 엄마가 힘들게 뒷바라지를 해줄 때는 결코 몰랐던 것들이었다.

그동안 엄마 카드로 결제했던 많은 인강들은, 별로 들어 보지도 않고 기간이 끝나버리곤 했었다. 그러나 내 돈으로 산 인강들은 마음가짐이 달랐다. 정말로 낭비 없이 수강했고 더 아껴서 열심히 공부했다. 그렇게 내 돈으로 공부를 하고, 내가 사는 방의 방세를 내고, 그리고 시험을 보러 서울에 올라가 쓸 돈도 따로 모아두며 왠지 비장하고 뿌듯한 마음이 들었다. 그리고 가끔은 남는 돈으로 과외 가는 길에 반월당역 시내에 들러 티셔츠 같은 것들을 쇼핑하거나, 특별한 간식을 사 먹으면서 스트레스를 풀곤 했다. 내 힘으로 번 돈, 그것으로 사 먹을 수 있는 빵, 사 입을 수 있는 옷. 나는 언젠가부터 나를 기특해하고 있었다. 넉넉하지도 않았고 함께 밥먹을 친구도 없었지만 나 스스로를 기특해하는 마음, 이것은 전에 없었던 수험생의 '소소하지만 확실한 행복'이었다.

물론 내가 삼수를 한다고 이야기했다면 분명 시켜주셨을 것이다. 그러나 더 이상은 부모님한테 짐이 되고 싶지 않았다. 나는 차라리 공부하며 돈을 버는 것을 택하는 것이 훨씬 마음 편했다. 게다가 이렇게 노동 자체에서 나오는 힘이 분명히 있었다. 물론 그로 인해 나의 온전한 공부 시간은 턱없이 줄어들기는 하였다. 그러나 어차피 하루종일 자유시간이 주어졌을 때 게으름을 피울 내 모습을 떠올려보면, 지금보다 더 간절히 공부할 기회도 없다고 나는 생각했다.

　나는 반수를 하면서 '공부만' 했던 지난 날들이 지금보다 더 힘들었음을 알게 되었다. 오직 공부밖에 할 수 없는 그 환경은, 공부를 하는 것이 얼마나 감사하고 소중한 것인지 깨닫지 못하게 만들었고 그만큼 나의 정신도 더 나약해졌던 것이다. 반수를 하며 여러 가지 일을 한꺼번에 감당해야 했기에 틈이 나는 30분, 1시간의 소중함을 깨달을 수 있었다. 나는 일하러 가는 길에 공부했고, 일하면서 공부했고, 돌아오는 길에 공부하면서 그저 잠시 공부할 수 있는 한 시간이 소중했을 뿐, 결코 내가 돈을 버는 것이 시간 낭비라고 생각해 본 적이 없다. 신세를 한탄하지도 않았다. 그저 주어진 모든 일이 내가 마땅히 해야 할 일이라고 생각했다. 지나치게 긍정적이라고? 그렇지 않다. 단지 그렇게 하는 것만이 내가 버티는 방법이었다.

"Winning means being unafraid to lose."

-Fran Tarkenton-

"이기는 것은 지는 것을 두려워하지 않는 것이다."

-프랜 타겐튼-

내가 제일 좋아하는 말이다.
이 진리는 영어나 수학 문제를 풀 때도 마찬가지였다.
읽는 것을 두려워하지 않으면 읽을 수 있고,
틀리는 것을 두려워하지 않으면
풀이를 떠올릴 수 있었다.

"망해도 상관없어,
단지 지금보다만 나아지면 돼."
머릿속을 스친 이 한마디가 위축되어있던 나를 움직였다.
지는 것을 두려워하지 않으면, 이길 수 있다.

먹는 일

아웃사이더 생활도 받아들이고 나니 별로 나쁘지 않았지만, 혼자 생활하는 것에 한 가지 어려움이 있었다면 바로 '먹는 일'이었다. 내가 자취하던 집으로 가는 경북대 북문 골목길은 먹자골목이었다. 하나같이 아기자기하고, 분위기도 근사하고 독특해서 들어가 보고 싶은 음식점들이 많았다. 1학년 입학 초에 선배들이 데려가주었던 맛집들은 정말로 맛이 있어서 지금까지도 생각이 난다. 또 어떤 곳은 1인분에 2만원 정도 하는데 양식이 코스요리로 나오고, 인형놀이에나 쓰일 것 같이 아주 작고 예쁜 컵에 주스가 담겨나오는 아기자기한 식당도 있었다. 커피를 한 잔 사면 빵을 세 개나 주는 카페도 있었다. 하지만 이제 공부하며 혼자서 그런 곳에 들어갈 수도 없는 일이었다. 행여 문 앞에서라도 괜히 아는 사람을 만날까 조심스러웠다. 쌩얼에 안경을 쓰고 길가면서도 노트를 들고 중얼거리며 다니는 내 꼴이 내가 보기에도 사실 너무 초라해 보였기 때문이다. 내가 주로 이용했던 곳은 '한솥도시락' 같은 도시락집 세 곳이었다. 도시락을 사들고 집에 돌아가는 길에 그 낭만적으로 보이는 식당들을 지나치면서 종종 마음이 숙연해지곤 했다. 은은한 조명 아래 다정하게 식사하고 있는 연인들, 뭐가 그렇게 즐거운지 모여서 꺄르르 웃고 있는 대학생들. '나도 언젠가 저런 소소한 일상들을 편하게 누릴 수 있을까?' 이런 생각이 들면 그들이 먹는 한 끼 식사가 그렇게 부러울 수가 없었다.

그래도 어찌되든 혼자 사는 나의 식사도 중요한 일. 매일 도시락만 사먹기도 질려서 못할 일이었다. 나는 1–2주에 한 번씩은 마트에 갔다. 동네에 있는 조금 큰 마트나 홈플러스 같은 대형마트를 가기도 했었는데, 혼자서 카트를 끌고 장을 볼 때면 왠지 신이 났다. 내가 사는 식품들은 주로 카레나 한 끼에 먹을 수 있게 포장된 국이나 찌개들, 그리고 가끔씩은 양념된 불고기나 삼겹살 같은 것을 사오기도 했다. 그런데 넓은 마트에서 카트를 끌고 장보는 것은 쉬워도, 그 많은 짐들을 들고 집에 오는 것은 무척이나 힘이 들었다. 특히 대구의 여름 땡볕 아래 두 봉지를 가득 들고 언덕길을 올라오는 길은 더 그랬다. 양손에 짐을 들고 버스를 타면서 나는 늘 이런 생각이 들었다. '나라는 인간 하나 공부시키고 먹여 살리기 힘들구나.'

한 번은 꼬막을 사온 적이 있었는데, 문득 엄마가 가끔 해주던 꼬막요리가 먹고 싶어서였다. 그냥 삶기만 해서 간장을 찍어서 먹는 요리였기에 간단할 줄 알고 생꼬막을 샀다. 그런데 웬걸, 사온 꼬막의 반 이상이 아무리 끓여도 입을 열지를 않는 것이 아닌가. 아무리 내가 힘으로 입을 벌리려고 해도 벌어 지지가 않는 것이 어이가 없었다. 검색해 보니 죽은 꼬막은 잘 입을 벌리지 않는다고 했다. 장을 봐오는 것도 힘들었는데 꼬막 입을 여는 데 힘을 다 써버린 듯한 허탈한 하루였다. 또 한편으로는 혼자 대학 다니며 수능공부를 하면서 집에서 안간힘을 다해 꼬막의 입을 열고 있는 내 모습이 그렇게 우습기도 해서 나는 결국 웃어버리고 말았다.

웬만하면 간단히 사먹긴 했지만, 그때 나는 꽤나 많은 요리를 시도한 것 같다. 가끔 고기를 굽고 된장찌개도 끓여 먹었고, 종종 떡국을 끓였다. 카레에 떡국떡을 넣어서 끓여 먹는 것도 정말 맛있었다. 매 끼니를 해결하는 것이 살아가는 데 아주 큰 문제가 될 수도 있다는 것을 나는 그때 처음으로 깨달았다.

시험을 준비하고 시험이 다가올수록 입이 마르고 점점 더 입맛이 없어졌다. 그러나 빈속으로 공부하기엔 영 힘이 안나서 어떻게든 챙겨 먹으려고 했다. 집에서 엄마가 해놓은 반찬과 국을 꺼내 먹던 때나, 고시원에서 공부하다 배고프면 내려가서 먹으면 되는 고시식당을 다닐 때와는 차원이 다른 생활이었다. 열리지 않는 꼬막을 까던 기억처럼 서러울 때도 있었지만, 그래도 그렇게 나는 이상한 상황 속에서도 스스로에게 밥 지어 먹일 줄 아는 오롯한 인간으로 성장하고 있었다.

이상한 꿈이라도 힘이있다

나는 분명 수의대, 그러니까 아픈 동물들을 치료해 주고 돈도 많이 버는 멋진 수의사가 되겠다는 목표를 가지고 있었다. 그런데 몇 년이 지나고 정신을 차려보니 나는 엉뚱한 타지에서, 엉뚱한 과에 다니고 있었다. 그렇게 언젠가부터 나의 일차적인 목표는 수의대가 아니라 지금 이 연고없는 타지생활을 벗어나는 것, 그리고 어찌되든 지금과는 다른 새로운 미래를 만드는 것이 되었다. 아니, 쉽게 말하면 지금까지의 노력에 대해서 스스로 인정할만한 수준의 결과로 보상받고 싶다는 마음이 커졌다. 단순히 대학을 바꾸는 것보다, 공부 자체에 오기가 생긴 것이다.

사실, 이곳에서도 잘 살 수 있는 방법이 있었다. 그냥 여느 친구들처럼 대학생활 잘 마치고 어쩌면 이곳에서도 연애도 잘하고 취업도 할 수도 있었다. 그러나 나는 여기서 공부를 끝낼 수가 없었다. '1년만 더 해본다'는 것이 누구에게나 그렇듯, 이대로 끝내기에 지금까지의 노력이 억울하다는 마음이 근본적으로 있었던 것이다.

하지만 그뿐만은 아니었다. 어떻게 보면 완전히 혼자가 되자 거침이 없어졌다. 특히 혼자 지내면서 세상의 다른 이들과 대화하는 것을 꽤 오랫동안 하지 않으면서, 세상을 보는 시각도 좀 달라졌던 것 같다. 그리고 그때 생뚱맞지만 진로에 대해서 이전에 하지 못했던 생각도 하게 되었다. 수학 공부를 하고, 과외로 학생들에게 수학을 가르치면서 수학이라는 과목이 많이 좋아지자, '수학 강사가 되는 것은 어떨까?' 하는 생각이 든 것이다. 그때까지 강사를 하고 싶다고는 한번도 생각해보지 못했었는데, 왠지 지금처럼 학생들이랑 수학공부만 하면서 자유롭게 사는 것도 좋을 것 같다는 생각이 들었다. (그리고 훗날 대학을 졸업하고 잠시 메가스터디에 들어 갔던 것은 이때의 생각이 영향을 미쳤을지도 모르겠다.) 아마 이때는 혼자 생활하면서 돈의 필요성을 많이 느껴서 그랬던 것 같다. 나는 나름대로 학생들을 가르치는 일을 진지하게 생각했다. 유명 강사가 되어서, 돈도 많이 벌어서 넓은 아파트에 혼자 사는 여자. 강아지도 키우고, 벤츠도 사는 거야. 멋지다! 그렇게 강사가 될 것이라면 그러면 지금 하는 수학공부가 공부가 어쩌면 나중에 나에게 중요한 스펙이 될 수도 있는 일이었다. 다소 생뚱맞은 공상이었지만 왠지 이 외롭게 공부하는 삶을 버텨나가게 해주는 재미있는 상상이었다. 무엇이든, 더 나은 미래를 소망하는 일은 언제나 좋은 일이다.

혼자의 취미

그리고 또 하나 생뚱맞은 시도가 있었다면 나에게도 '취미'가 있었다는 것이다. 그 무렵 나에겐 수험생으로의 삶과 별개로 혼자로서의 삶, 인간으로서 지금의 삶을 나름대로 잘 가꾸어야겠다는 마음도 있었기 때문이다. 현실을 바라보면 당장 미래도 불확실하고 가족도 친구도 옆에 없고 매일 밥도 혼자 먹지만, 당장 내년에 또 실패를 안고 학교로 돌아간다면 또 다시 1년을 수험생활로 버리고, 대학 학점만 낮아진 우스운 꼴이 될지도 모르는 처지이지만, 후줄근한 티셔츠와 안경을 쓰고 혼자 다니는 나의 모습은 그야말로 '시궁창' 같았지만 그러나 그래도, 나는 나름대로의 낭만(?)을 지키려고 노력했다. 아웃사이더 수험생인 나에게도 내 인생을 조금 더 행복하게 가꿀 의무가 있었다.

집으로 돌아가는 길에 나는 작고 예쁜 양초를 사곤 했다. 그리고 공부를 마치고 잠시 초 몇 개를 켜는 것이다. 엉뚱하지만 방의 불을 끄고 촛불을 바라보는 것이 하나의 취미가 되었다. 7평짜리 원룸에 사계절 옷가지들과, 수많은 책으로 정신없는 공간이었지만 불을 끄고 촛불을 켜 놓으면 그런대로 따뜻하고 반짝반짝한 분위기가 되는 것이 좋았다. 아무 재미도 보람도 느껴지지 않는 날이면, 나는 그렇게 잠시 머리를 식히곤 했다.

그리고 또 하나는 나의 비밀 블로그에 글을 쓰는 일이었다. 비공개글로 블로그에 일기를 쓰기 시작한 건 18살 때 시작한 일이었는데 그 이후에는 잘 관리하지 않다가 삼반수를 하면서 이렇게 다시 무언가를 쓰기 시작한 것이다. 주로 힘든 날, 마음을 토로하는 일기였다. 하지만 절대 힘들다는 말로 마무리하는 법은 없었다. 마무리는 항상 그래도 분명 상황이 나아질 것이라는 말을 쓰곤 했다. 그래도, 언젠가는 나도 자유롭게 여행을 떠날 것이라고, 언젠가는 나도 더 좋은 사랑을 하고, 더 자유로워질 것이라고. 그렇게 가끔 촛불을 켜고, 타자를 두드리며 마음을 토로하면서 이 외톨이 같은 삶도 나름대로 이어갈 수 있었다. 아무도 모르게 말이다.

"아웃사이더 수험생인 나에게도 내 인생을
조금 더 행복하게 가꿀 의무가 있었다"

어려움을 사랑하고

'어려움을 사랑하고 그것과 친해져야 합니다.'

하나가 내게 선물한 책에 인용된 한 구절이었다. 릴케의 '젊은 시인에게 보내는 편지'로부터 인용된 이 한마디 말이 나의 마음에 꽂혀서, 플래너에 적어놓고 매일 같이 이 말을 생각했다. 어려움을 사랑하고 그것과 친해지라니, 게다가 그는 '어려움 속에는 기꺼이 우리를 위해 애써주는 힘이 있다'는 말까지 덧붙이고 있었다. 처음에는 잘 이해가 가지 않았다. 하지만 나는 이내 곧 이 말에 수긍할 수 있었다. 그래 어쩌면, 맘 터놓을 친구 하나도 없는 지금 '어려움'하고 친해질 수도 있겠구나. 신기하게도 그렇게 생각해보니 내 삶이 한층 따뜻하게 느껴졌다.

'고독하다. 공부를 끝내고 잠자리에 들기전에 오는 이 싱숭생숭함. 그런데 꼭 나쁘지만은 않다. 나만의 이 공간에서 차분하게 고독을 즐기는 것. 나중에는 이런 기회가 없을지도 모르니까 지금 즐겨두어야지!'

'내일은 아침 일찍 일어나 맛난 아침 식사를 하고 오전에 최선을 다해 공부하고 과외 가서 학생들이랑 즐겁게 수업하고 장을 좀 보고 들어와서 삼겹살이나 먹자!^^'

내가 반수 여름방학 때 썼던 어떤 하루의 소감이다. 돌아보니 내가 태어나서 가장 긍정적이고, 가장 적극적이고 또 어쩌면 가장 즐거웠던 때가 대구에서 반수하던 때가 아닌가 싶다. 강의를 듣거나 시험을 치러가기 위해 경북대 안을 돌아다니면서 종종 나는 속으로 말했다. '경북대야 고마워. 나같이 갈 곳 없는 사람을 받아줘서 정말 고마워.' 이건 진심이었다. 나는 곧 내 길을 찾아 떠날 것이고 경북대란 연고도 없고 친한 친구도 없는 곳이지만, 사실은 어디도 갈 곳이 없었던 나를 받아준 곳, 나에게 과제도 내주고 성적도 내어주는 곳. 나의 첫 대학이었다.

생각해보면 나는 그와 헤어지고 다시 대구에 돌아와 홀로 공부를 시작한 이후로, 단순히 나의 대학을 바꾸겠다는 것 이상으로 세상을 대하는 모든 태도가 바뀌었던 것 같다. 그때 나는 진심으로 이 세상에 대해 어떤 불만도 없었다.

친한 친구에게라도 전화를 걸어서 내 신세를 한탄할 것인지, 잠시 아무 불평도 말하지 않고 조용히 때를 기다릴 것인지는 본인의 선택이다. 그러나 나를 둘러싼 상황을 가만히 마주해보면, 나를 위해 기꺼이 애써주는 힘이 있다는 그 '어려움'은 분명 친구가 되어준다.

가을

그렇다. 잠깐 공부하면서 가만히 기다리면,

반드시 가을은 온다.

나를 배려해주지 않는
세상의 변화 속에서

아무리 손바닥 뒤집듯이 교육과정을 바꾼다지만, 그 해는 유난히 개편이 많이 되는 해였다. 국어에 갑자기 문법이 추가되고, 탐구과목은 1년만에 아예 교육과정 자체가 달라져 있었다. 여태 탐구과목을 잘해왔던 것을 생각하면 억울한 일이었다. 게다가 대학 학사일정 속에서 국영수만 하기에도 정신이 없어, 내가 탐구과목을 꺼내 들었을 때는 이미 늦은 여름, 초가을이었다.

과외를 하며 조금 모은 돈으로 개념강좌를 결제했다. 남들이 지난 해 12월 겨울방학 때 듣기 시작하는 개념 강의를, 가을로 넘어가고 있는 시기에 듣기 시작한 것이다. 그래도 무언가 겹치는 것이 있겠지 싶었는데 정말로 체감상 거의 80퍼센트 이상이 달라진 느낌이었고, 새로 암기할 것이 엄청 많이 늘어 있었다. 그래도 어쩌겠는가. 묵묵히 1강, 1강을 들어가기 시작했다. 이때부터는 외울 것을 정리해서 과외를 오고 가는 길에 외우기 시작했고 개념 진도를 빼는 것에 집중했다. 이렇게 전면으로 개편한다는 것은 내가 중3일 때 발표되었던 일이었는데, 그 때 뉴스를 보며 'ㅋㅋ쟤들은 불쌍하네'라고만 생각했던 내가 우습게 느껴졌다. 그 대상이 내가 될 수도 있다는 걸 그때는 꿈에도 몰랐으니 말이다.

당황스럽지만 내가 할 수 있는 일은 그저 변화를 익히고 감당하는 일이었다. 그렇게 9월이 되고, 10월로 넘어갈 때까지 나는 그 겨울방학 개념 강의를 들어야 했다. 그리고 10월부터는 남들이 여름방학 때 들었을 문제풀이 강의를 듣기 시작했다. 이미 해탈했기 때문에 남들이 겨울방학 때 듣는 강의든, 여름방학 때 들었던 강의든 그런 것은 중요하지 않았다. 이미 늦었다해도 건너뛸 수 없는 과정이었다.

중간고사 기간이 되어 학교에는 과제들이 쌓여 가고, 교수님들의 수업들도 점점 무게가 실려갔다. 하지만 이제 가을, 정말 결전의 날이 코앞이라 나는 내 공부에 더 집중해야 했다. 과제들은 잠자리에 들기 전 30분으로 커트라인을 잡고 빡세게 해결했다. 하루에 많아봤자 4시간 반에서 5시간 정도를 공부할 수 있었다. 내 머릿속에는 이제 아무 생각이 없었다. 오직 몸에 밴 행동만이 묵묵하게 진행될 뿐이었다.

Never bend your head. Hold it high.
Look the world straight in the eye.

절대로 고개를 떨구지 말라.
고개를 치켜들고 세상을 똑바로 바라보라.

헬렌켈러는 이렇게 말했다. 돌이켜보면 그녀의 말처럼, 그 무렵 나는 세상을 '똑바로' 쳐다보려고 노력했다. 쫄보, 실패자, 가난한 집안 사정, 애매한 정체성, 수능 공부와 대학 공부. 이제 나에게 일어나는 이 개인적인 위기가 무엇이 되었든 피하지 않았다. 그래, 그래서 뭐 어쩌라고! 눈을 똑바로 뜨고 내 식대로 대응했다. 그러자 운이라고는 지지리도 없는 것 같이 느껴지던 한 해의 시간들이 어느샌가 좀 더 다정하게 흘러가고 있었다.

내 몫이 아닌 것

그렇게 최대한 시간을 쥐어 짜보았지만 사실 공부를 별로 할 수 없는 날도 많이 생겼다. 대학 일정 때문에 그런 날도 있지만 한두 달에 한 번은 몸이 아픈 날도 있었고, 너무 피곤해서 잠들어버린 날도 있었다. 그런데 중요한 건 그런 것이 내가 전혀 개의치 않았다는 사실이다. 왜냐하면 그건 진짜 어쩔 수가 없는 것이니까! 공부할 시간도 없는데, 어제 공부를 못했다고 후회할 시간은 더 없었다.

마음껏 공부할 수 없는 날도 있다는 것, 그리고 결과가 기대만큼 안좋을 수도 있다는 것. 그 무렵 나는 '나의 몫이 아닌 것'에 대해 잘 구분해두려고 부단히도 노력했다. 돌이켜 보니 그동안 겪은 수 많은 것들은 내가 직접 어쩌지 못할 것들에 속하고 있었다. 나는 내 노력과 의도와 상관없이 실력이 나아지지 않은 적이 많이 있었고, 내가 만전을 기해 준비한 방향과 시험의 방향이라는 것이 완전히 다른 방향이라 엉망이 되었던 경험도, 자고 싶은데도 끝내 잠을 못 자버린 '수능 전 날'도 있었다. 또 그래서 그렇게 내가 꿈이라고 여기던 원하던, 나의 목표라는 것은 언제까지나 '네가? ㅎ' 이런 반응으로 날 냉대해 왔다는 것을 알고 있었다. 그렇기에 다시 시작하기까지 한참 동안 도전을 망설였던 것이다.

시간이 흘러 시험이 가까워질수록, 나의 내면에서 더 많은 사악한 압박의 목소리가 들려왔다. '너 그러다 또 망하면 어쩌려고?', '이번엔 성공할 것 같아? 네가 성공했던 적이 있었나?', '아직 다 준비되지 않았는데 시험 볼 수 있겠어?' 어디선가 이런 말들이 나의 귓속에 들리는 것만 같아 마음이 콕콕 아파왔다. 그러나 나는 이제 다른 방식으로 대응하기로 했다. 다시 도전한다 해도 또 망할 수도 있다는 것을 순순히 인정하기로 한 것이다. 망해도 좋다는 것은 아니었지만 내가 지니고 있는 모든 리스크를 감수하고 책임지겠다는 다짐이었다. 내 속에 '무조건 실패는 나쁜 것'이라는 그 끈질긴 저항을 내려놓기로 한 것이다. 그리고 그렇게 내 앞에 펼쳐지는 거대한 흐름 앞에서 비로소 겸손해질 수 있었다. 그리고 왠지 마음이 훨씬 편안해졌다.

여태까지는 '꼭, 반드시 성공을 해서 좋은 대학에 가야 해'라고 믿어왔었다. 그러나 사실 그것은 나의 오만이었다. 사실 인생은 여러 가지 변수가 존재하는 것. 인생이 내게 꼭 어느 어느 대학의 무슨 과를 가 주어야 한다는 의무는 없었다. 그리고 돌이켜보니 이렇게 멀리 경북대를 온 것도 어쩌면 나의 삶의 중요한 일부분이었을 것이라는 생각이 들었다. 실패도 어여삐 여기는 것, 그리고 마음이 가는 것에 진심을 다해 다시 도전하는 것, 그것만이 나의 소관이 었다.

그리고 어쩌면 그것은 바로 '자기애'였다. 언제나 나 스스로에게 높은 기준만 제시하던 나, 도대체 네가 할 줄 아는 것이 무엇이냐고 스스로를 혼내고, 냉소적으로만 대하던 나. 그런 내가 이 몇 개월을 지나오는 동안 나를 인정하고 아껴주는 마음이 생긴 것이다. 수의대 면접관은 엉뚱한 질문을 하고, 신입생 페스티벌 날에는 눈이 퉁퉁 붓고, 첫사랑과 헤어지고. 더럽게 재수가 없는 한 해였는데, 분명 나는 무언가 많이 달라져 있었다.

무엇보다 가장 많이 달라진 것은, 머릿속이 단순해졌다는 사실이었다. 실패도 포용하겠다는 마음을 먹자, 여태 날 괴롭히던 잡념들, 집착들이 사라지고 머릿속이 놀랍도록 단순해진 것이다. 그 단순해진 마음은 높은 집중력으로 이어졌고, 때로 어쩔 수 없이 공부를 못하는 날이 있어도 '내가 오늘 공부를 못한다 해도 그건 내 소관이 아니잖아?'라고 생각하고 크게 마음 상하지 않을 수 있게 되었다.

모든 스트레스는 만병의 근원. 나는 19살 때 수능을 일주일 남기고 자다 일어나서 토를 할 정도로 쇠약해졌었다. 그러나 이제 머릿속이 단순해진 만큼 별 스트레스도 없었다. 그만큼 몸 상태도 튼튼해졌음을 느꼈다. 그렇게 대회를 준비하는 운동선수처럼 튼튼하고 단순하게, 나는 내 남은 할 일들에 집중했다. 그렇게 내 인생에 찾아온 캄캄하고 깊은 밤, 어서 동이 트기를 꿋꿋하게 기다리고 있었다.

잠시 입을 닫고 기다리기

물론 가끔은, 아주 작은 일에 와르르 무너질 때도 있었다. 한번은 여름에 공부를 마치고 적적해서 잠시 TV를 틀었는데, 바다에 몰린 사람들이 피서를 즐기는 뉴스를 보게 되었다. 무표정한 얼굴로 뉴스를 바라보던, 그 저녁이 선명하게 기억난다. 그동안 공부를 하면서 수없이 친구들과 가족들과 해수욕장에 놀러 가는 상상을 해오지 않았던가. 뉴스를 보며 '결국 올해도 내가 저곳에 가지 못하는구나'를 새삼스럽게 깨닫고는, 나의 현실이 순간 충격으로 다가왔다. TV를 멍하게 보다가 꺼버리고는, 나의 표정은 잠시 많이 어두워졌었다.

또 때로 버스와 지하철을 갈아타서 다 도착했는데, 과외생이 이유없이 집에 없었을 때, 다시 돌아가는 길에 가끔 마음이 무너지고 많이 힘들어졌던 기억이 난다. 그럴 때 다시 버스를 타고, 지하철을 갈아타러 가는 그 길에서 나는 항상 '입을 닫고 잠시 기다리자'라고 스스로에게 말했다. 힘들다고 이야기하지 말고, 아무 불만도 이야기하지 말고 다만 입을 다물고 잠시 기다리자고 말이다. 그렇게 시간이 흘러 어느 새 날씨가 많이 쌀쌀해지고 있었다. 올해도 어김없이 '시험 냄새'가 불어오기 시작한 것이다.

그렇다. 입을 닫고 잠깐 공부하면서 가만히 기다리면, 반드시 가을은 온다.

"아무 불만도 이야기하지 말고 입을 다물고

잠시 기다리면, 반드시 가을은 온다."

그 해 가을에도 시험은 치러졌다

드디어 수능 이틀 전. 나는 드디어 모든 것을 마쳤다. 짐을 쌌고, 그동안 이 날을 위해 과외하며 모아둔 돈을 가지고 서울로 가는 KTX기차에 올랐다. 등록된 거주지에서 보아야 했기 때문이다. 가볍고도 비장한 마음이었다. 다음 날 아침에 있을 예비 소집에 참석하기 위해 한 숙박업소에 짐을 풀었다. 손 뻗으면 닿을 곳에 우리 집이 있었다. 가족들이 보고 싶었지만 꾹 참았다. 예비 소집에 가는 아침, 삼각김밥을 먹는 내 얼굴을 보는 데 입이 굳게 다물어졌다. 그때 나는 너무 마르고 얼굴이 상해있었다. 이제 끝까지 온 것 같았다.

예비소집이 끝나고 수험표를 받아들었다. 시험을 치를

고등학교에 찾아갔다. 그 근처에 자리를 잡으려 숙박할 곳을 찾는데, 정말이지 한참을 찾았다. 겨우 찾은 곳은 한 상가 건물에 있는 낡고 어두운 모텔이었다. 초췌한 여자애가 혼자 들어오니 모텔 주인이 의아하게 쳐다보길래, 내일 수능을 보러 간다고 이야기 했다. 방에 들어가서 낡은 모텔의 화장대에 앉아서 공부할 책들을 꺼냈다. 그렇게 몇 시간 동안 마지막으로 최종 정리를 했다.

저녁을 먹으러 외출했는데 들어간 식당에서 주인이 혼자는 받아주지 않는다고 말했다. 휴, 괜히 풀이 꺾였지만 기분이 상하지 않도록 스스로 주의했다. 다른 식당에서 김치찌개를 사 먹었다. 세상에, 맛이 정말 없었다. 밥을 먹고서는 내일 시험장에서 쉬는 시간에 먹을 초콜릿을 사러갔다. 올해는 다른 사람들에게 초콜릿 선물을 받지 못했으니 말이다. 그렇게 편의점에서 초콜릿을 샀고, 잠시 걸었다. 하루종일 쌀쌀하고 어두운 날씨, 삭막한 동네였다.

일찍 잠자리에 들었다. 두 번의 수능을 치를 때마다 나는 잠을 자는 것이 너무 두렵고 힘들었다. 하지만 이제 달랐다. 따뜻한 물로 샤워를 하고 스마트폰으로 빗소리를 틀었다. 역시 잠이 금방 들지는 않았는데 그래도 집중해서, 조용히 비오는 시골길을 걷는 상상을 했다. 그렇게 잠이 들었다가 깼던가. 엎어둔 핸드폰에 문자가 왔는지 빛이 났다. 카톡을 하지 않는 내게 언니가 문자를 보낸 것이다. 언니도 내가 올해 수능을 보는 것을 전혀 모르고 있었다.

"야, 미모(어려서부터 키우던 우리집 늙은 강아지) 사진으로 ○○공모전 나갈 건데 제목을 뭐라고 하면 좋겠냐? (우리 언니는 항상 각종 네이밍 공모전에 나갔다.)"

그 와중에 '흠, 내가 오늘 내일 연락이 안되서 수능 보는 걸 혹시 언니가 눈치채면 어떡하지?' 이런 생각이 들었다. 에이 모르겠다, 잠깐 핸드폰을 들어서 실눈으로 답장을 썼다.

"한 미모하개."

이렇게 보내고 나는 이내 다시 잠이 들었다. 내일이 수능이면 뭐 어떠랴. 자다가 깨서 답장 좀 해주면 어떠랴. 예전 같았으면 수능 전날에 자다가 깼다는 것만으로도 벌벌 떨었을 일이었지만, 이 정도쯤은 이제 거뜬했다. (후에 언니는 새벽에 그런 답장을 보낸 내가 수능을 보았을 것이라고는 꿈에도 생각을 못했다고 했다.)

그렇게 그날 밤이 지나고 드디어 아침이 밝았다. 괜찮게 잘 잔 것 같았다. 아침 일찍 근처 김밥집에 들러 김밥을 사와서 먹었다. 모텔 주인 아저씨는 잠은 잘 잤느냐고, 수험생이라길래 잠을 못잘까 걱정했다며 나를 챙겨주었다. 엄청 불쌍하고 안쓰러운 눈빛으로 말이다. 따뜻한 커피를 먹고 가라고 했지만 커피를 못 마시기에 정중히 감사 인사를 전하고 짐을 챙겨서 나왔다.

드디어 결전의 장소로 가는 길, 모텔에서 시험장까지의 거리는 꽤 되었다. 가는 길에 잡생각을 하지 않기 위해 이어폰을 끼고 음악을 틀었다. 어제부터 계속 들었던 베토벤의 '비창'이라는 잔잔한 피아노곡이었다. 여태까지 늘 비장한 마음으로 수능을 보러 가곤 했었는데, 이제 결전의 날 아침에도 나의 마음은 이 피아노곡처럼 평온했다. 시험장에 다다르자 가장 친한 친구인 하나가 도시락을 싸 들고 시험장 앞에서 나를 기다리고 있었다. 교문 앞에서 만나자 우리는 서로 웃음을 터뜨렸다.

"야, 이번이 꼭 마지막이었음 좋겠다. ㅋㅋㅋ 잘 봐라."

그렇게 그 해 가을에도 시험은 치러졌다.

돈까스마저 퍽퍽한 날

작년에 엄마가 보온 도시락에 싸준 반찬과 달리 하나의 유부초밥은 날씨처럼 차고 싱거웠다. 그래도 작년보다 훨씬 더 기쁜 마음으로 먹었다. 도시락을 먹고 남은 시험을 치르고 오후 5시쯤, 그날 그렇게 모든 것이 끝났다. 시험이 끝나고 밖을 나오는데 학교 주변이 모두 인산인해였다. 부모님들이 수능보는 자식들을 기다리고 있었기 때문이었다. 많은 짐들을 주섬주섬 들고는 사람들 틈 밖을 나와야 했다. 주변에는 시험을 끝낸 아들들이, 딸들이 부모님 품으로 돌아가고 있었다. 서울에 혼자서 올라올 때도, 아침에 시험을 보러 혼자서 모텔에서 나올 때도 그렇게 외롭지 않았는데, 그 순간에는 조금 외롭다는 생각을 했다.

어렵게 택시를 잡아서 타고, 지하철역에서 내렸다. 터미

널로 가서 대구로 돌아가기 위해서였다. 양손에 짐들을 들고 지하철역으로 내려가면서, 별로 시험을 잘 보지 못했다는 생각이 들었다. 나의 예상보다 많이 어려웠기 때문이다. 무언가 실력을 시원하게 다 발휘한 느낌이 아니었다. 내가 받을 수 있는 성적의 스펙트럼이 있다면, 스펙트럼의 가장 밑쪽의 성적이 나올 것 같은, 그런 느낌이었다. 계단을 걸어 내려가면서 하나에게 전화를 걸었다.

"글쎄, 어려웠어. 잘 못 본 것 같아. 아무래도 나랑은 영 인연이 아닌가봐."

그동안 공부하면서 결과에 대한 수많은 각오를 해왔지만 정말 이런 말을 하면서 돌아오게 되다니, 마음이 잠잠히 가라앉는 기분이었다.

버스를 타러 터미널에 도착했는데 허기가 졌다. 아직 시간이 남아서 한 식당에서 돈까스를 사 먹었다. 그리고 그 돈까스는 내가 기억하는 모든 돈까스 중에 제일 맛이 없는 돈까스였다. 이 이야기를 하면 우리 언니는 어떻게 돈까스가 맛이 없을 수 있냐고 하지만 아마도 그날은 가라앉은 나의 기분 탓이었을 것이다. 애써 저녁으로 사 먹은 돈까스마저 나의 지난 1년처럼 퍽퍽했다.

그렇게 나는 다시 남쪽나라로 내려가는 버스에 올랐다. 버스 TV화면에는 여느 수능날처럼 누군가 아침에 경찰차를 타고 갔다더라, 무슨 사고가 났다더라 하는 뉴스들로 소란스러웠다. 애써 창밖을 보는데 눈물이 났다. 언젠가 엠티에서 돌아올 때 이렇게 커튼 뒤에 숨어서 울었던가. 하지만 그때처럼 엉엉 우는 것은 아니었다. 이내 울음을 그치고 어두운 창밖을 빈 눈으로 바라보았다. 그리고 그동안 절대로 꺼내놓지 않았던 우울한 음악을 틀어보았다. 그 해 신곡으로 나온 아이유의 '우울시계'와 '싫은 날'이었다. 애써 사 먹은 돈까스마저 퍽퍽한 날, 어느 우울하고 싫은 날 저녁이었다.

겨울

기다리는 일을 잘 하지 못하는 내게

1년의 끝에 다다라 가장 힘든 겨울이 시작되었다.

겨울의 시작

　나의 시험은 끝이 났지만 학교는 이제야 기말고사 준비로 바삐 돌아가고 있었다. 사실 수능 날은 내가 수강하던 철학수업에서 나의 개인과제 발표날이었다. 수능 날이라 어쩔 수 없이 발표를 빠졌기 때문에 이제 더 이상 다른 과제는 빠질 수 없었다. 그렇게 수능이 끝나고 쉴 틈도 없이 다음 날 바로 학교 수업을 나갔다. 여름에는 그렇게 덥고 쨍쨍하더니 11월에는 그렇게 추울 수가 없었다. 해가 화창한 날이 거의 없었고 늘 회색빛 하늘에 찬 바람이 부는 날씨였디. 낡은 건물에서 수업을 들을 때에는 교실 전체에 한기가 돌았고, 내 방에 돌아와도 바닥이 얼음장처럼 차가웠다. 남은 학기를 안 다닐 수도 없고, 정말이지 '싫은 날'이 반복되었다.

시험을 잘 못 보았다는 생각에 마음이 아려왔다. 하나 말고는 아무도 수능 본 것을 몰랐기 때문에 어디에 털어 놓을 곳도 없었다. 대구 친구들은 더 멀게만 느껴졌다. 이 대로 학교로 돌아가야 하는 걸까. 그동안 마음을 잘 다스려 왔지만 실패를 안고 돌아갈 생각을 하니 창피한 마음이 드는 건 어쩔 수 없었다. 아니면 늦더라도 괜찮다고 했던 예전 다짐대로, 그래 더 늦더라도 다시 도전해야 하는 걸까? 난 이제 어떻게 되는 걸까. 예전에 공부를 할 때는 봄이었고, 여름이었고, 선선하고 화창한 가을이었는데, 이제 겨울이 되어가고 햇빛도 나지 않으니 왠지 마음이 더 힘들었다. 그렇게 내가 붙잡고 있었던 희망이란 이제 모두 자취를 감춘 듯했다.

그 와중에 수능을 보러 서울에 다녀오면서 조금 모아 두었던 돈도 다 쓰고, 가르치던 학생들의 과외도 끝이 나서 돈이 없었다. 방세를 내려면 과외를 새로 구해야 했다. 돈이 급해지니 과외를 다시 구하는 데 온 신경을 집중했다. 그렇게 운 좋게 다시 수업을 구하게 되었는데, 예전처럼 가르치는데 정도 붙지 않고 힘이 나질 않았다. 시험을 못 보아서 그런 것도 있지만, 실은 더 이상 공부를 할 수 없다는 사실이 날 더 힘들게 하는 것 같았다. 그동안 공부 자체가 나에게 유일한 희망의 끈이었고, 모든 것을 감당하게 만드는 원동력이었기 때문이다. 이제 공부를 할 수 없으니 어디에도 마음 붙일 곳이 없었다. 내게는 이미 반쯤 망해버린 학기의 마지막 과제들을 처리하는 것 외에는 별다른 도리가 없었다. 살은 점점 빠져서 너무 말라버린 모습에 왠지 나이가 들어 보이는 듯했다.

그렇게 어느 날 방에서 대학 과제를 하고 있는데 문득 수능 성적표가 왔을 것이라는 생각이 들었다. 명확하게 기억나는 것은, 그 순간 내가 '망했는데 뭘 확인해'라고 생각했다는 것이다. '그래도 힘들게 본 시험인데, 성적표 확인은 해야 하지 않을까?' 잠시 망설이다가 정말이지 아무 기대도 없이 메일을 열어보았다.

나는 정말로 놀랐다. 내가 생각했던 것보다 하나씩 등급이 올라가 있었기 때문이다. 가채점을 대충했던 것일까, 그동안 통계가 나면서 등급이 올라갔던 것일까. 영문은 모르겠지만, 이 정도 점수면 어쩌면 교대를 지원해볼 수도 있었다. 진학사 홈페이지에 가서 점수를 넣어보았다. 녹색 글씨로 '안정지원'이라고 뜨는 것이 아닌가. 갑자기 머릿속에 한 줄기 섬광이 스쳐 지나갔다.

정말 이게 맞는 것일까, 괜한 기대를 하는 것은 아닐까, 지난 해와 수능이 많이 달라져서 시스템이 제대로 되긴 하는 걸까, 원서를 넣을 때까지 별의별 오만가지 생각을 다 해야 했다. 그날부터 나는 종일 '우리 교대가요'라는 카페에 하루에 수십 번도 넘게 들락날락거리면서 점수대를 확인하는 일만을 반복하게 되었다. 카페에선 다들 나와 같은지 '이 점수인데 붙을까요', '올해 제발 붙고 싶어요' 이런 글들을 올리고 있었다.

서울교대는 무리일 것 같고, 지방교대 중에서 제일 안정적인 곳을 골라야 했다. 면접에 자신이 없었기에 면접비율이 제일 낮은 광주교대에 넣는 것이 좋아 보였다. 그렇게 원서 기간이 되어서 광주교대에 원서를 넣었다. 그런데 원서를 넣고 보니 '이곳은 정시로 겨우 143명밖에 뽑지 않는데 내가 괜히 넣은게 아닐까' 하는 생각이 드는 것이었다. 너무 성급한 결정이 아니었을까, 되돌릴 수 있다면 다른 교대로 넣고 싶다는 생각이 들 정도였다. 갑자기 불안해져 인터넷에 '원서 빼는 법'까지 검색할 정도였다. 그런데 어떤 지식인이 "그건 대통령이 와도 불가합니다."라고 답하고 있는 것이 아닌가. 원서를 빼는 것은 불가능한 일이었다. 보통 원서 기간 마지막 날까지 기다렸다가 경쟁률 눈치싸움을 한다던데, 바보같이 그런 생각은 전혀 하지 못하고 둘째 날에 원서를 넣어버린 내가 원망스러웠다.

결과를 기다리면서 나는 그 어느 때보다 고통스러웠다. 그동안 내가 할 수 있는 것만 최선을 다하고 내 소관이 아 닌 것은 내려놓자는 마음으로 공부를 해왔다. 그러나 이제 정말 공부를 더 할 수도 없고 100% 내가 어떻게 관여할 수 없는 일만 남은 것이다.

하루에 하는 일이라고는 전기장판에 누워서 '우리 교대 가요' 카페를 살펴보는 일, 시간이 되면 옷을 챙겨입고 과 외 하나를 다녀오는 일 두 가지 뿐이었고, 하루하루가 멍 하게 지나갔다. 기다리는 일을 잘 하지 못하는 내게 1년의 끝에 다다라 가장 힘든 겨울이 시작되었다.

그녀처럼 손잡아 주리라

교대에 원서를 넣은 것은 나에게 사실 뜬금없는 일이었다. 사실 내가 초등학생을 가르치는 모습은 상상해본 적이 없었기 때문이다. 그러나 수의대는 조금 무리일 것 같고, 그냥 장래가 보장된 곳, 엄마도 좋아하실 곳에 일단 가자, 이런 마음이었다. 또 삼수생 주제에 어디든 이제 괜찮은 곳이면 가고 봐야 한다는 생각도 있었다. 무엇보다, 언젠가 내게 교대에 꼭 넣어보라고, 교대에 가면 무엇이 좋고, 무엇이 좋다고 나를 한참을 설득했던 그 사람의 말도 적지 않은 영향이 있었을 것이다.

하지만 진학사 합격예측이며, 원서며 모든 것이 '희망고문'이 아닐까. 카페에 올라오는 게시글들만 쳐다보면서 스스로 보기에도 의미없고 한심한 하루하루가 흐르고 있었다. 그래도 취미생활이라도 하면서 즐겁게 보내면 좋을 텐데, 불안해서 마땅히 손에 잡히는 것이 없었다. 그런 중에 과단톡에 연말 모임을 한다는 이야기가 올라왔다. '그래, 여기라도 나가서 시간을 보내는 거야.' 나는 이들에게 이미 생뚱맞은 존재가 되었을텐데, 의미 없는 군중에라도 들어가고 싶은 마음이었을까. 사실 입학 초에 엠티도 다녀오고, 체육대회나 축제같은 큰 행사에 같이 참여하기도 했었지만 그런 행사를 함께 하면서도 나는 어딘가 모르게 겉도는 인물이었다. 그도 그럴 것이 1,2학년들이 어울려서 하루가 멀다 하고 술을 마시는데, 나는 술을 잘 못 마셨고, 내 동기들보다는 한 살이 많아서 아직 존댓말을 쓰는 동기들도 있었고, 또 말투도 많이 다르니 어쩔 수 없이 서로 어색한 부분도 있었기 때문이다. 그런데도 오랜만에 얼굴을 보이니 다들 반겨주었다. 나도 반가운 생각이 들었다.

입학식 때 보았던, 막 고등학교를 졸업한 순수한 10대처럼 말갛던 얼굴들이, 1년이 지나자 (술에 쩔어서) 어엿한 대학생 언니 오빠들이 되어있었다. 다들 반가웠지만 내 성격이 별로 흥이 많은 것도 아니고 술도 잘 못 마시니, 역시 술자리에 제대로 낄 수는 없었다. 그저 그들이 하는 대화를 구경하고, 간간이 가벼운 이야기를 주고받을 뿐이었다. 아마 날 보고 '쟤가 여기 왜 나왔나' 하고 생각하지 않을까? 그런 생각이 들었다. 나는 항상 재미없고 겉도는 인물이었으니까. 그렇게 밥 먹고 맥주를 마시는 2차까지 끝이 났고, 나는 이제 집에 돌아가려고 하고 있었다. 다른 이들은 3차를 가려고 밖에서 기다리는 중이었다. '이제 집에 돌아가면 다시 혼자 시간을 보내야 하겠구나'라고 생각하며 이제 들어가 보겠다 인사를 하려고 했다. 그런데 갑자기 한 친구가 앞에 와서 내 두 손을 잡는 것이 아닌가. 나와 동갑이지만 한 학번 높은 선배였다.

"서림아, 그동안 얼마나 고생했나. 나는 너가 진짜 잘됐으면 좋겠고 어디를 가든 진짜로 응원한다."

발그레한 얼굴을 한 그녀가 경상도 사투리로 내게 말했다. 우리가 이렇게 친했던가? 입학 초에 인사한다고 한번 같이 밥 먹고 카페를 갔던 기억인데. 그리고, 경상도 사투리가 이렇게 다정했던가?

그동안 다들 날 어떻게 생각할까 눈치만 보아왔던 학과 생활. 그녀의 따뜻한 손과 따뜻한 말 한마디에 눈물이 날 것 같았다. 그리고 언젠가 내 곁에 어떤 아웃사이더를 만나면 나도 그녀처럼 손잡아주리라, 홀로 집에 돌아가는 길 나는 그렇게 다짐했다.

"서림아, 그동안 얼마나 고생했나.

나는 너가 진짜 잘됐으면 좋겠고

어디를 가든 진짜로 응원한다."

'고맙습니다'

1차 합격이 나고, 가슴이 두근거렸다. 합격이라는 글자가 나에게 맞는 일이거나 하는 걸까, 하는 마음이 들었다. 나는 늘 불합격이었기 때문이다. 이제 이 긴 도전에 마지막으로 남은 것은 면접이었다. 교대는 교사를 뽑는 것이라 정시에서도 면접을 꼭 보아야 한다는 원칙이 있었기 때문이다. 교대 입시 카페에 보니 다들 면접 스터디에, 면접 학원에 분주해 보였다. 그러나 내가 이곳에서 그런 것을 다닐 수는 없었다. 내가 할 수 있는 일은 면접 교재를 하나 사서 예상 문제를 타이핑하고 외우고, 거울을 보고 연습하는 일, 또 가끔씩 유튜브에 들어가서 면접 강의 샘플이나 팁 등을 익혀두는 것 뿐이었다.

1차 발표가 날 때까지 멍하게 지내고 있다가 다시 어떤 임무가 주어지자 차분해질 수 있었다. 나는 면접관이 물어

볼 수 있는 모든 문제를 혼자 묻고 답하는 연습을 하기 시작했다. 그것을 며칠이나 반복하자 거의 툭 누르면 툭 나오는 수준으로 연습이 되었다. 문제는 작년에 있었던 수의대 면접에서의 '단백질이 뭡니까?'의 기억이었다. 그때도 이렇게 툭 누르면 툭 나오게 외웠었는데 면접은 내 생각과 전혀 다른 방향으로 진행되었었고, 면접관들은 내게 한없이 냉소적이었다. 무표정한 면접관, 그리고 면접장의 그 차갑고 침침한 공기가 떠오르는 듯했다. 다시 그 면접장에 간다니, 참 인간으로 태어나 성인이 되어 대학 하나 가는데 거쳐야 할 관문이 왜 이리 길고도 험한 것인가! 정말 나에게는 유난히도 말이다. 그러나 이번 공부가 그래왔듯, 이제 다시 해탈하기로 마음을 다잡았다. 오랜 입시를 치르면서 늘 수험생으로 살았던 나. 밑져야 본전이었다.

그렇게 면접날 아침. 청바지에 검정색 자켓을 입고, 또 그 위에 검정색 패딩을 걸치고 버스에 올랐다. 면접장 건물에 들어가기 전 한 벤치에서 예상 질문을 보면서 덩그러니 앉아있던, 많이 수척했던 내 모습이 기억이 난다. 비비크림을 찍어 발랐지만 거울을 보면서 스물한 살 내 얼굴에 윤기가 하나도 흐르지 않는다는 것을 스스로도 느꼈으니 말이다.

벤치에 앉아있는 동안 한 동아리에서 학생들에게 사탕을 주러 나온 언니들(언니가 아닐 수도 있겠지만)이 보였다. 우리들에게 생글생글 웃으면서 사탕을 나눠주는데, 너무 예쁘고 온전하고 행복해보였다. 나도 과연 내년엔 저렇게 될 수 있을까.

드디어 대기하는 교실에 앉았다. 왠지 자리가 느낌이 좋았다. 중간에서 조금 앞쪽 순서였기 때문이다. 그렇게 내 면접이 시작되는 작은 종이 울리고, 면접 시험 문제를 보고 답변을 떠올렸다. 그리고 그 때 3명의 교수님들 앞에서 여태까지 달달 외워서 준비한 답변을 쏟아내었다. 뭐라고 했는지는 기억이 안난다. 다만 확실한 건 작년 수의대 교수님들과 다르게 무언가 내 이야기를 들어주는 느낌이었다는 것이다. 그것만으로도 고마운 생각이 들었다. 그렇게 면접을 마치는데, 전에 어떤 면접 강사가 유튜브 동영상에서 한 말이 기억이 났다.

"면접이 끝나면 '감사합니다'라고 하지 말고 '고맙습니다'라고 하세요. 그게 훨씬 진심이 느껴지지 않습니까?"

"고맙습니다."

모든 여정의 마지막에 대한, 나의 진심이 담긴 인사였다.

퍼즐

면접이 끝나고 서울에 올라가서 나는 엄마에게 그간 있었던 일을 모두 털어놓았다. 사실 몰래 수능을 준비했었고, 그래서 내가 여태 카톡을 깔지 않은 것이며, 교대 면접을 마치고 돌아왔노라고 말이다. 아직 합격자 발표 전이었지만, 이제는 왠지 그래도 될 것 같았다. 엄마는 많이 놀라면서도 기특해하고 좋아하셨다. 엄마에게도 힘들었을 시기, 입시 실패를 안고 멀리 내려간 작은 딸이 아픈 손가락이었을 것이다.

그렇게 발표일까지 내가 한 일이라고는 오직 집에서 퍼즐을 맞추는 일이었다. 언젠가 언니가 사놓았던 명화 퍼즐이었다. 반쯤 정신이 나간 사람처럼 300피스 짜리 퍼즐 하나를 엎었다가, 맞추었다가, 엎었다가 맞추다가를 반복했다. 잠 잘 때는 합격자 발표하는 꿈을 꾸었다. 하루는 합격하는 꿈을, 하루는 불합격하는 꿈을. 느리고 힘겨운 기다림이었다.

그렇게 20여 일이 지나고, 나는 교대 합격 통지서를 받았다. 곤두박질만 치던 내 인생은 끼이익, 방향을 틀었고, 모든 것이 달라지는 순간이었다. 인생에서 제일 기뻤던 날을 꼽아보라고 하면 나는 아직까지도 두 말하지 않고 이 날이라 말하고 있다. 내가 그렇게나 상상만 하던 일, 합격후 엄마에게 전화를 거는 일이 내게도 가능할 수 있다니, 꿈만 같았다. 대학 자퇴서를 들고 학과장 교수님 사무실에 가는 길, 그동안 있었던 모든 일들이 파노라마처럼 스쳐지나갔다. 시험 날 하나가 싸준 차가운 유부초밥, 그날 아침 커피를 건네던 모텔 주인 아저씨, 홀로 먹었던 쓸쓸하고 맛없던 저녁 식사, 상할 대로 상해있던 내 얼굴까지…. 캄캄했던 1년의 밤을 지나 드디어 동이 텄다. '최종합격'이라는 한마디 글자 앞에서 내가 처음 대구에 온 순간부터, 일어났던 모든 일들의 퍼즐이 맞춰지는 듯했다.

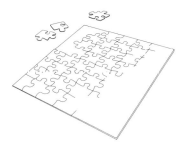

캄캄했던 1년의 밤을 지나

드디어 동이 텄다.

'최종합격'이라는 한마디 글자 앞에서

내가 처음 대구에 온 순간부터,

일어났던 모든 일들의 퍼즐이 맞춰지는 듯했다.

다시, 봄

다시, 봄

교대에 들어간 이후 나는 대학생으로 누릴 수 있는 것들을 모두 누렸다. 그동안 오랜 수험생활을 하며 로망이라고 여겼던 모든 것들에 도전했다. 대학생으로서는 최고 조건의 과외들이 들어왔고, 그 돈으로 자전거와 바이올린을 사고, 악기 레슨을 받았고, 교대 오케스트라의 단원으로 활동했다. 춤도 배웠고, 한 밴드의 보컬로 활동하며 거리공연을 했다. 부러운 눈으로 뉴스를 쳐다보기만 했던 여름의 워터파크와 바닷가도 갔다.

무엇보다 가장 큰 보상이라고 느꼈던 것은 나에게도 '신분'과 '소속'이 생겼다는 것이었다. 아웃사이더 같이 지내던 때와 다르게 이제 나도 정체성이, 그리고 친구가 생긴 것이었다. 대학생활 동안 이 친구들과 동고동락하며 잊지 못할 여행들을 다녔다. 교생실습을 나가서는 귀여운 초등학교 아이들을 만났고, 실습이 끝나고 떠나는 날에는 그 고사리 같은 손으로 쓴 편지들을 받았다. 대구의 작은 방에서 꿈꾸던 일들이, 아니 꿈꾸는 것도 숨이 벅차다고 느꼈던 일들이 하나, 하나 이루어졌고, 얼굴에는 20대다운 윤기가 흘렀다.

그때 내가 면접을 보았던 건물은 '인사관'이라고 불리는 인문사회관으로, 교대에서 가장 많은 수업이 열리는 건물이었다. 여느 여대생들과 같이 공들여 화장을 하고 유행하는 옷을 빼입고, 수많은 과제들을 안고 이곳을 수도 없이 왔다 갔다 거리면서 나는 종종 면접날이 생각났다. 면접날 벤치에 앉아서 부러운 눈으로 쳐다보았던, 그 동아리 언니들의 모습도 떠올렸다.

그래, 내게도 정말 꿈이 이루어진 것이다.

부록과
에필로그

낭만적 입학과 그 이후의 일상

거의 모든 취미 생활에 도전하는 내게 친구들은 서림인니는 어쩜 그렇게 인생을 재미있게 사느냐고 했다. 그런데 그렇게 교대 생활이 무조건 좋았냐고 하면 사실 그게 아니었다. 분명 남들이 보기에는 좋아 보이는 취미 생활, 남부럽지 않은 대학생활로 보였을 것이다. 입학 후 3개월 가량은 마치 조증에 걸린 사람처럼 마냥 실실거리며 즐겁게 지내기도 했다. 그러나 시간이 갈수록 그게 아니었다. 점점 대부분의 하루하루가 내가 세워놓은 스케줄들과 수많은 학교 과제들로 팍팍해졌다. 아침마다 나는 '아!!! 또 하루가 밝았어' 이런 생각으로 일어나곤 했다. 실은 과제가 많아서가 아니었다. 무엇보다 바쁘기는 바쁜데도 예전과 같은 열정이 생기지 않아서 나는 속으로 많이 힘들어했다. 어쩌면 그래서 남들보다 더 각종 취미 생활에 몰두하는지도 몰랐다.

외롭게 고생한 1년으로 어느 정도의 보장된 미래와 남부럽지 않은 정체성을 얻게 되었다. 그러나 '그렇게 그렇게 어느 마을 교사가 되어 살겠지'라는 내 인생이 훤히 보이는데, 그것에 대한 열정이 생기지 않는 것이었다. 열정이 없다는 것, 이것은 나에게 당황스러운 일이었다. 그렇게 배워보고 싶던 악기를 배우고, 여행을 가고, 그런 로망을 이루는 일은 그냥 피상적이고 재미있는 경험일 뿐이었다. 무언가에 더 이상 '인생을 걸고' 도전할 수 없어서 였을까? 안정됨 속에서 오히려 나는 너무나 공허했다.

입학식 날 수학교육과 강의실에 모인 우리들에게 지도교수님은 말씀하셨다.

"여기를 '자기만 빼고 남들이 다 좋다고 하길래' 온 사람들이 있어요. 그런 사람들은 일찍 접는 것이 낫습니다."

처음엔 무슨 말인지 잘 이해가 가지 않았다. 그러나 딱 한 학기가 지나고 곧 알게 되었다. 그게 바로 나였던 것이다. 그랬다. 내 삶에는 또 다른 반전이 있었다. 좋아 보이는 대학 생활 속에서 나는 얕은, 아니 어쩌면 심각한 우울증을 앓게 된 것이다. 그때까지 나는 인생이 고난이라고 느껴본 적은 있어도 공허함을 느낀 적은 처음이었다. 노력으로도 안 되는 것에 절망한 적은 있어도, 아무 것에도 열정이 생기지 않아서 우울함을 느껴본 적은 처음이었다.

취업난이 이토록 심각한 시대, 배부른 소리로 보일 수도 있겠다. 그러나 우울증은 배부른 소리, 그런 차원이 아니라는 것을 나는 알게 되었다. 아무리 좋아보이는 어떤 것도 자신의 길이 아니면, 맞지 않는 옷을 입은 것처럼 질질 끌려 불편할 수 밖에 없는 것이다. 이것은 내게 또 다른 종류의 시련이었다. 대학만 무사히 새로 가면, 부모님의 작은 자랑거리라도 되면 다 해결될 줄 알았는데, 도대체 나라는 개인 하나가 행복하게 잘 살기 위해서 필요한 것이 무엇이기에, 늘 인생이 이 모양으로 위기인 것일까? 답을 알 수가 없어 답답한 나날들이었다. 대학교 2학년 때부터는 스트레스로 인해 심각한 폭식증까지 생기고 말았다. 하루종일 달고 매운 음식을 번갈아가며 먹고 또 먹었다. 내 속의 공허함을 먹는 것으로 채우기 시작한 것이다. 먹으면서 음식이 맛있다는 것을 느끼지도 못하는데 계속 먹었다. 먹어도 먹어도 나의 공허한 배는 채워지지 않았다. 고생해서 입학한 학교에도 가기 싫었고, 과외 하러 다니기도 싫었다. 나도 내 마음을 이해할 수가 없었다.

그럴 때마다 나는 늘 대구를 생각했다. 역설적이게도 대학에 새로 들어간 이후 한참 동안을 대구에서의 그 한 해를 그리워했다. 더 이상 수험생이 아닌 것이 감사하면서도, 정말로 그때가 그리웠다. 내가 가장 가진 것이 적었을 때, 이렇다 할 친구도 별로 없고, 미래도 신분도 불확실했을 때였지만 열정적으로 무언가를 해냈던 그때가 말이다. 시간이 흘러 학년이 올라가고 나이를 한살 한살 더 먹어가는데도 나는 스물한 살 때의 나를 이기지 못하고 있었다. 막막한 상황에서 결과에 대한 모든 집착을 내려놓고, 내가 저지른 모든 상황에 책임을 지고, 내가 버는 작은 돈에도 감사해 하고, 억울해도 불평하지 않고 잠시 입을 닫고 기다리던 그때의 나를 말이다. 모든 것에 적극적으로 대처했던 스물한 살의 나, 단지 어제보다 나아지자는 마음으로 살던 그 열정이 그리웠다.

　내가 교대를 졸업하고 돌연 교사가 되지 않기로 한 것도 다시 그때의 나로 돌아가 삶을 다시 시작하고 싶었기 때문일지도 모른다. 나는 졸업을 하고, 서울을 떠난 지 총 5년 만에 비로소 다시 돌아왔다. 그리고 다시 이곳에서 '교육출판사'라는 나의 새로운 꿈을 시작했다. 내 대학 친구들 모두가 각기 다른 곳으로 흩어져 교사가 되었지만 나는 내 방식대로, 내가 자란 곳으로 돌아와 새롭게 전공을 살리기로 한 것이다.

'나다운 인생'으로 돌아오자 지독했던 우울증과 폭식증은 사라졌고, 다시 작은 일에도 감사해지기 시작했다. 옛날의 그때처럼 다시 약간 '아웃사이더'처럼 살고 있긴 하지만, 나만의 도전 앞에서 나는 비로소 행복해졌다. 그렇게 내 인생의 퍼즐이 이제야 맞춰지는 듯하다.

첫 책으로 낸 '너를 영어1등급으로 만들어주마'가 좋은 반응을 얻었다.

이 책은 재수 때 발견했던 공부법을 담은 내용인데,

교대 시절에 영어 과외를 하며 틈틈이 작성한 원고였다.

('영일만'의 성공으로 4년 뒤 지금은 도서 8종을 낸

출판사가 되어 성장 중이다.)

에필로그

결국 교사가 되지 않았으니, 비싸게 얻었던 나의 초등교사 자격증은 별로 쓸모가 없게 되었습니다. 그럼에도 나는 그때 포기하지 않고 도전을 해준 내가 너무 고맙습니다. 그날들을 통해 이렇게 인생이라는 퍼즐을 놓고 나답게 행복을 맞춰가는 법을 배웠고, 홀로서기나 도전에 대해서 별로 두렵지 않게 되었으니 말입니다. 아직도 용기가 필요한 때마다 나는 대구로 기차여행을 갑니다. 그때 푸석한 얼굴로 안경을 쓰고 걸어 다녔던 거리를 걸으면, 여전히 나답게 무엇이든 할 수 있을 것만 같습니다.

그래서 나는 다시 생각하게 되었습니다. 무엇이 좋은 일이고 나쁜 일인가 하는 것에 대해서 말입니다. 성공과 실패, 합격과 불합격은 세상에서 가장 흔한 일. 그러나 내게 불합격이란 절대 일어나서는 안되는 무조건적 불행이었고, 합격이란 무조건적 기쁨이자 행복이었습니다. 그런데 이것들은 시간이 지나면서 다시 분별이 되기 시작했습니다. 그때 내게 일어났던 불합격은 내 인생에서 가장 든든한 밑천이 되었고, 기쁜 일인 줄만 합격은 어쩌면 궁지의 몰린 자의 실수였습니다.

나는 불합격했기에 내가 어쩌면 무엇도 해내지 못할 인간일지도 모른다는 좌절에 빠졌었고, 사랑과도 이별해야 했고, 주변과도 어울리지 못했습니다. 그런데 그때 그렇게 좌절했고, 그때 그와 헤어졌고, 혼자서 지내야 하는 그런 일들을 겪었기에 오늘의 기쁜 내가, 또 지금의 사랑이 있는 것이니까요. 좋은 일과 나쁜 일은 없었습니다. 다 맞는 일이었습니다. 내 인생에 찾아온 어떤 밤에 내게 주어진 과제를 피하지 않고, 눈앞에 놓인 벽을 기어이 넘기를 참 잘했습니다.

그대 아직도 어떤 벽 앞에서 고민하고 있다면 이제 움직이길. 이제 용기를 내서 한 번은 치러야 할 것을 치루겠다 마음먹기를. 한 번 넘고 나면 아무것도 아닐, 그러나 아무도 대신 넘어주지 않을 그 벽을 이제 넘기를. 1년이 가르는 성공과 실패, 합격과 불합격은 세상에 가장 흔한 일, 그러나 신 앞에서 인간에게 주어진 소관은 자신의 길 앞에 마땅히 도전하는 것 뿐이고, 그 안에서 제 몫의 퍼즐을 발견하게 될 것이니 말입니다.

당신의 1년을 응원합니다.

서림 드림.

☽

1년만 더 해볼게요

1년만 더 해볼게요

1판 1쇄	2020년 5월 2일
2판 1쇄	2022년 11월 4일
글쓴이	송서림
펴낸이	송서림
제작도움	김준우
디자인	김철수, 민미홍
펴낸 곳	메리포핀스북스
등록	2018년 5월 9일
주소	경기도 김포시 김포한강4로 211-25, 1층